U0677786

本色文丛·柳鸣九　主编

飞光暗度

——高莽散文随笔精选

高　莽／著

深圳出版发行集团
海天出版社

图书在版编目（CIP）数据

飞光暗度 / 高莽著. — 深圳：海天出版社，2012.9
（本色文丛. 第1辑）
ISBN 978-7-5507-0516-6

Ⅰ.①飞… Ⅱ.①高… Ⅲ.①散文集－中国－当代
②随笔－作品集－中国－当代 Ⅳ.①I267

中国版本图书馆CIP数据核字（2012）第204606号

飞光暗度
FEIGUANG ANDU

出 品 人　尹昌龙
出版策划　毛世屏
责任编辑　林星海　　陈　嫣
责任技编　蔡梅琴
装帧设计　Smart　斯迈德设计
　　　　　　　　　　0755-83144228

出版发行　海天出版社
地　　址　深圳市彩田南路海天大厦（518033）
网　　址　www.htph.com.cn
订购电话　0755-83460293（批发）0755-83460397（邮购）
印　　刷　深圳市华信图文印务有限公司
开　　本　787mm×1092mm　1/32
印　　张　7.5
字　　数　120千
版　　次　2012年9月第1版
印　　次　2012年9月第1次
定　　价　29.00元

海天版图书版权所有，侵权必究。
海天版图书凡有印装质量问题，请随时向承印厂调换。

　　高莽，1926年生于哈尔滨市，长期在各级中苏友好协会及其所属单位工作，从事口译、笔译，俄苏文学研究、翻译、编辑工作。是中俄友好协会顾问，中国作家协会、中国翻译工作者协会、中国美术家协会会员。"翻译文化终身成就奖"获得者。

　　1989年离休前曾在中国社会科学院外国文学研究所任职，曾任《世界文学》杂志主编。

　　曾获俄罗斯友谊勋章，乌克兰功勋勋章，以及俄中友谊奖、普希金奖、高尔基奖、奥斯特洛夫斯基奖等多种奖章。是俄罗斯作家协会名誉会员、俄罗斯科学院东方研究所名誉博士、俄罗斯美术院荣誉院士。

总 序

◎ 柳鸣九

深圳海天出版社似乎颇有点"散文随笔情结",前几年,他们请季羡林先生主编了一套"当代中国散文八大家"丛书,效果甚好。于是,他们再接再厉,去年又策划出新的书系"世界散文八大家"。可惜此时季老先生已经仙逝,他们只好等求其次,请柳某出面张罗。此"世界八大家",召集实不易,飘洋过海,总算陆续抵岸。但书系尚未全部竣工之际,海天又策划了一套新的文丛,以现今健在的著名文化人的散文随笔为内容。大概是因为柳某与海天已有一次愉快的合作,自己也常写点散文随笔,又身居"人杰地灵"的北京,便于"以文会友",于是,海天又要柳某出面张罗。这便是这套书系产生的来由。

什么是散文随笔?前几年,一位被尊为大师的权威人士曾斩钉截铁地谓之为"写身边琐事"。我曾努力去领悟其要义,但就自己有限的文化见识,总觉得这个定义似乎不大靠谱。就"身边"而言,散文随笔的确多写与自己有关的人或事,但远离自己的人与事入文而成经典散文者实不胜枚举;就"琐事"而言,散文随笔写人写事确讲究具体而微,知微见著，以小见大。但以经国大业，社稷宏观，高妙艺文，深奥哲理为内容的名篇也常见于青史。不难看出，对于散文随笔而言，"题材不是问题"，任何事物皆可入散文，凡心智所能触及的范围与对象，无一不可成就散文也。故此，窃以为个人心智倒是散文的核心成份。那么，究竟何谓散文呢？散文的基本要素究竟是什么呢？如果用定义式的语言来说，散文就是自我心智以比较坦直的方式呈现于一定文学形式中，而自我心智者，或为较隽永深刻的自我知性，或为较深在真挚的自我感情。说白了，如果是思想见解，当非人云亦云，而多少要有点独特性，多少要有点嚼头与回味；如果是情感心绪，那就必须是真实的、自然的、本色的、率性的，而要少一些矫饰，少一些虚假，少一些夸张。是的，尽可能少一些，如果不能完全杜绝的话。诗歌中常有的那种提升的、强化的、扩大的感情似乎入散文不宜，还是让它得其所呆在诗歌里吧。至于"一定的语言文学形式"，不外意味着两点，一是非韵文的，这是散文有别于诗歌的最明显的标志；二是要有一定的修饰技巧，一定的艺术化，这则是散文随笔不同于公文告示、法律条文、科普说明以及各种"大白话"的重要标志。

这便是我所理解的散文随笔。我在自己的学术专业之外也经常写一些散文随笔，就是按照自己以上的理解来"炮制"的。今天，我被委以主编重任，也是按照自己以上的理解来操作的，至于我在自己的散文随笔中是否完全实践了自己的理念，是否达到自己的理念，在这次主编工作中是否有不合理、不入情的要求与安排，那就很难说了。呜呼，知与行的脱节与矛盾，人的永恒悲剧也。

出版社策划这个书系的时候，规定约稿对象为当今的文化名家。当今的文化名家种类何其多也：有在荧屏上煽情与讲道的主持人，有靠摆Pose与哭功而大富特富的影视大腕，有靠搞笑与搞怪的演艺奇才……人人都在写散文随笔，这大有成为当今散文随笔的主旋律之势。但按我个人的理解，这里所讲的文化名家不外是两种人，即具有作家文笔的著名学者与具有学者底蕴的著名作家，这两者的所长正是我对何为散文理解中所谓的"心智"这一大成份。由于我自己的圈子所限，这一辑的约稿对象全是上述的第二种人，即具有作家文笔的著名学者，而且基本上都是弄西学的学者或游学国外多年的学者，多散发出一点"洋味"的人。

学者写散文似乎有点"不务正业"，有点越界，侵入了文学家地盘。但对于学者来说，特别是对人文学者来说，却完全是性之所致，是一种必然。他本来就有人文关怀、人文视角、人文感情，这种心智状态、心智功能，一触及世间万物，就莫不碰撞出火花。只要有一点舞文弄墨的兴趣、冲动与技能，自然而然就可以产生出有点意思的散文随笔了。虽说舞文弄墨也是一种专门技能，需要培养与操练，但对于弄西学的人文学者来说，整天在世界文库里打滚，耳濡目染，这点技能是可以无师自通的。况且，人文学者于散文更有自己的优势，毕竟，他的知性是向全人类精神文化领域敞开的，他的目光是向全世界各种事物投射的。其散文随笔的题材，自是更为丰富多样，投射观察的目光自是更为开阔高远。而得益于世界各种精神文化的滋养，其可调配的颜色自是更为丰富多彩：说不定，也许我们这个时代有意思的散文随笔正是出自学者笔下呢，学者散文实不容当代文学史家忽视也……

不能再说下去了，再说下去就会变成"王婆卖瓜"啦，不过，我还是相信，这一辑学者散文也许能给文化读者多多少少带来一点不一样的感觉。

2012年5月

目录

哈尔滨——我的摇篮

感谢苍天厚爱，让我在朔风凛冽，早冬飘雪的季节来到世间。我对自己的故乡和时令，有一种难以名状的依恋。虽然从我记事时起，直到抗日战争胜利，十几年中，饱尝的是家乡沦为日本帝国主义殖民地的辛酸、民族的灾难和家庭的屈辱，但今天回忆起来，哈尔滨在我的脑海里留下更多的是美好的时光。

我记忆中的哈尔滨是一座情调迥异、充满诗境的畸形城市。道里、南岗和马家沟是半俄罗斯化的三个住宅区和商业区。街上来往的是些金发碧眼的俄罗斯人，到处响彻的是带"尔"声的俄罗斯语言，甚至连中国小商小贩也都能说上几句不伦不类的俄语。

雪花雾凇、白云晚霞、起伏的街道、绿荫的院落、满街的花香、浩浩荡荡的江水、傍晚远飞的雁群、节日教堂的钟声、俏丽多姿的建筑物，特别是憨厚勤劳的居民和他们对未来的憧憬，潜移默化中形成了我的人生意识与审美观念。

1926年我在这里出生，1933年进入哈尔滨市基督教青年会学校，读了十年书。同学中有很多不同民族的孩子——波兰人、乌克兰人、爱沙尼亚人、立陶宛人、犹太人、朝鲜人、中国人等等，以俄罗斯人居多。大家通用的语言是俄语。老师主要是俄侨，用俄语讲课。他们教的英语都带有浓重的俄罗斯腔调，真正的英国人听起来直晃脑袋。

我的学习成绩平平。放学回家常常痛哭，因为听不懂老师的话，经过几年的磨炼才慢慢熟悉了俄语。随着年龄的增长，我又逐渐爱上了俄罗斯文学与艺术。

我非常感谢语文老师，他们讲授的主要是俄罗斯19世纪作品。作品中充满对农奴制的反抗，对劳动人民的同情，对弱者的关爱，对民主的向往，对美的追求。语文老师授课时，总是声情并茂，把小说中的情节讲得活灵活现，如同亲身感受，我们被老师那磁性的声音深深地感染着。

我们的教务主任戈雷佐夫（笔名阿恰伊尔）是当地一位著名的诗人。他发起组织的"丘拉耶夫卡"文学会，在俄罗斯侨民当中颇有影响。文学会团结了一批文学爱好者，组织各种活动，活动的地点就在我们学校。我们有的语文老师就是那个文学会的成员。

那时，我还不能理解俄罗斯文学艺术拷问人生的重大课题，但小说中的故事，诗歌中的音乐旋律，绘画中的感人场面，却把我带进一个梦幻的世界。

与外国同学交往、聊天、拌嘴——用的都是俄语，俄语成了我母语之外最常用的语言。俄语沟通了我和外国孩子们的关系，促进了相互理解与彼此信任。从小我就感受到语言的力量，可惜那时年龄太小，不知道用功，没有真正的注意俄文的词义、语句、文法和变格等。以至到了成年，工作需用俄语时，常常出现用词不当，变格不对的缺陷，悔恨学生时代荒废了不少光阴。

俄罗斯是个爱读书的民族，上世纪三四十年代，在哈尔滨凡是俄罗斯侨民比较集中的地方就有私营图书馆和旧书铺。

书铺一般规模不大，有的只是一两个房间，从地板到天棚，书架上上下下摆满旧书。

除了小书铺之外，在南岗秋林公司下坎处，有几栋楼房的大门洞，也被贩卖旧书的人所占据。他们在门洞左右两侧摆上一些简易的柜子，柜子上有护板，白天将护板卸下，晚上收工时再把护板装上，加上铁锁。

那时，我常到那些小书铺或门洞书店去转悠。记得我看中了一本很厚的油画画册，爱不释手，又买不起。后来，妈妈知道了这件事，心疼儿子，给了我钱，让我买了回来。那是我少年时代花钱买过的最贵的一部书，可惜在社会大变动中没有保留下来，但书中的有些画我还记得清清楚楚。

我还买过一本当地俄罗斯画家洛巴诺夫的铅笔画集，画集中收有十几幅哈尔滨风景，有《霁虹桥》《圣索菲亚大教堂》《火车站》等。每幅画页衬着一张透明的薄纸，在当时来讲，这种装帧实属少见。我还买过一本日本研究俄苏文学艺术的学者升曙梦的《新露西亚文学史》，当时买它是因为喜欢书中众多俄罗斯作家画像。看到熟悉的作家肖像，或是漫画像，那么传神那么夸张，让我喜出望外。这些画册画集和插图，使我受益匪浅，我为其中的画作所感染，自己也开始动笔作画。后来，我画一些风景画和俄罗斯作家们的肖像，正是少年时的爱好的发展。

几十年过去了，可是学生时代同俄罗斯文学与绘画结下的情缘，一直主宰着我的心。

2000年

我心中的灯

　　我的家和千千万万个家庭一样，没有什么区别，也没有什么特殊的情况，如果硬要找一点个性，那么只能说，我的母亲比较长寿，她活了102岁；我的妻子双目失明，这种悲剧不是每个家庭都能发生的；我女儿比较孝顺，为了照顾我们老两口，她放弃了国外的生活。

　　到了古稀之年，我才更清晰地意识到母亲在我生活中的地位。她是个普通的家庭妇女，而且是个文盲。按理说，新中国成立后，凭她的智商，我完全可以帮助她摘掉文盲的帽子，她很渴望识字读书，但那时我整个身心都放在工作上，没有体会到她殷切的心愿，没能满足她扫盲的要求。临终前我才知道她为不能看书而长期悔恨。她告诉我："葬我时，在我胸口上放一本书。我是那么想识字……"

　　我母亲的遗体虽然是和一本字典同时火化的，但我的心怎么也释放不下悔恨之情。随着年龄的增长我更深地意识到，母亲在我一生中的作用。

她是一位能顶住一切灾难的女人。

日寇统治下的伪满时期，我的一个哥哥因"反满抗日"罪，被定为"国事犯"，判处15年徒刑。父亲因此受到牵连也被关了起来。那时我的母亲，一个瘦弱的女人，以无比的刚毅挺住了种种灾难，好像在黑夜里点起一束火把，维护幼小的孩子们。

"文革"中，我的大哥在长春光机所工作，因懂日语和德语，被诬为"国际特务"，折磨致死，大嫂写信把噩耗告诉了我。我不敢向母亲透露实情，便隐掉了信中的某些话。可妈妈意识到家中又发生了不幸，猜出我没有把来信的全部内容读给她。于是她悄悄把信收好，有人来看望她时，她便求来人再读一遍。她什么都明白了，只是不说而已。一次，我说："我大哥身体很好，很忙，不能来看望您。"母亲说："不用骗我了，我都知道……"丧子之痛没有把她摧垮。她坚强地挺着，卫护着这个家。

我三哥在公安部门工作，"文革"期间遭到诬陷，被投入死牢。囚室如同小小的笼子，既不能直腰站立，又不能伸腿躺平。有人"揭发"说我母亲是德国人。她听说后气愤地说："让他们来摸摸我的鼻子高不高，看看我的头发黄不黄，眼睛蓝不蓝，是不是德国人？德国女人还有缠足的？"

那时，我父亲已经逝世，种种打击都落在她一个人头上，但她没有倒下，作为家中的顶梁柱，支撑着这个风雨飘摇的家。三哥出狱后，身体受到严重损伤，几年后离开人世。母亲再次受到打击，但她依然没有屈服。母亲是能抗拒一切苦难的女人，身上熠熠闪烁着光亮，从她身上我看到女性的伟大。

几个哥哥去世后，我是她唯一的儿子。母亲对我的爱都在默默无言中。

我家的厅里挂着一个条幅，上书："人贵有自知之明。"这是母亲82岁时为我亲笔题写的。我50岁时，她一定要给我写几个字。最后选中了这句话，并照葫芦画瓢写在宣纸上。她常对我说："不能有点成绩就自满，把自己的东西看做绝顶好，高明的人多的是。"我不敢忘记母亲的教诲，日夜记着母亲的手书。

母亲还经常对我说，做事情一定要认真，答应了的事，必须完成，必须做好。

母亲常看着我给别人画像，有一次她对我说："画男人要年轻些，画女人要漂亮些。"这是她形成的处世哲学。母亲的话不知怎么传到钱锺书先生的耳中，钱老说：按你母亲的教导进行创作，恐怕不会有好的作品。据说杨绛先生别有见解，她说：不见得。事实证明，凡是按我妈的说法画得肖

《母亲》（高莽画）

像，一般都得到本人的肯定。其中的奥妙，很难用言语表达。

母亲不在了，我突然发现自己丧失了太多太多的东西。她平时随便讲的一句话，突然变得具有指导意义，成为我行动的指南。我是那么需要妈妈在身边。如果人有来世，我一定还要再次投胎妈妈的怀抱，愿做她的儿子。在生活中，我有时觉得自己像是陷入茫茫的黑夜不能自拔，但只要想到妈妈，就会产生一股力量，就像看到了光亮。

妈妈，你是我心中的灯。

2010年2月

学画

　　我从小喜欢绘画，在哈尔滨青年会读书时，曾先后跟几位俄罗斯美术家学过油画。学画的目的，是父母要满足儿子对绘画的爱好，顺便也让我跟老师学画时练习练习俄语。

　　我们学校的美术教员叶·斯捷潘诺夫，只是在大课堂里教过我，没有专门指导。他是一位油画家，有一定的名气，我参观过他在哈尔滨举办的画展，印象很深。他的油画风景令人冥思苦索，哈尔滨熙熙攘攘的市街、郊外金色的农村、松花江畔太阳岛等地——都是他描绘的对象。我特别感兴趣的是他对阴影的处理，阴影在我的眼睛中明明是灰色的，而他的画中往往是紫色的、透明的。我感觉到色彩也会说话，色彩是一种悦目的美。

　　这位老师可能太过热衷于自己创作，又贪杯，对教育孩子们有些放松。然而他讲课时说的一些道理却铭刻在我心中，如"作画首先要考虑到视平线"，要"注意透视——远小近大"等等。

　　50多年以后，我在北京俄罗斯使馆的门厅里看到一幅风景画，很像斯捷潘诺夫老师的作品。走到跟前，看了签名，果然是"叶·斯捷潘诺夫"。这幅画是怎样来到这里的？对我一直是个谜。

　　我课外的第一位油画老师是弗·奥西波夫。他住在马家沟，独门独院，一座小平房，满院花草树木把房间遮得暗暗幽幽。

　　那时我只有十来岁，我不记得是谁介绍我跟他学画的。老师和善，他的老伴对我像对自己的孩子或孙子一般照顾，我同时练习了讲俄语。

　　我每周到奥西波夫老师家去两次。首先，他教我怎样调制油色、怎样自作画布、画框等等。后来才教我怎样画油画，经常让我临摹油画作品，临摹最多的是风景画。有时也让我在院里某个角落写生。

　　奥西波夫老师在哈尔滨以临摹油画出名。哈尔滨市内的一些宾馆、影院和商店，都有他临摹的作品，如：列宾的《扎波罗什人给土耳其苏丹写回信》、希什金的《森林的早晨》等名画。

　　我跟奥西波夫老师学习，初步掌握了油画的基本知识和技法。

我的另一位老师是阿·尼·克列缅季耶夫。

我已经十五六岁了，已经有了几年画油画的经验。我家从南岗搬到马家沟，克列缅季耶夫老师的画室跟我家相距不远，我是主动找上门的。

克列缅季耶夫老师是私人办学，开了几个班，有静物班，有人物班。每个班有七八位同学，基本上都是俄罗斯孩子，即使不是俄罗斯孩子讲的也是俄语。

我被分配在绘画水平相对高一些的人物班。人物班上课时，每次有一位同学当模特儿，坐在台子上，让大家写生。一幅肖像，一般要画四五次。克列缅季耶夫在学员的座位夹道中间走来走去，作些具体指导，有时也动动笔。画像完成以后，大家把作品摆在一起评比。老师是主要的评论员，我们也发表各自的意见。最后，当模特儿的同学可以随意选择任何人画的一幅肖像归为己有，留作纪念。

我当过模特儿，坐在台上，时间一长，觉得咽吐沫都有声音。当模特儿看起来很简单，实际上也很吃力。我明白了要做好任何事情，都需付出足够的精力。

有一次，一位犹太女同学选了我给她画的肖像。60年后，一个偶然的机会使我得知她早就移居以色列，并成为

青年时期的高莽在写生

著名的画家。她的名字被编入犹太人百科全书，她叫季娜·什穆什科维奇。我们现在有时通信，回忆少年时代的一些琐事。

1943年，克列缅季耶夫为自己的学子们举办了一次画展，我们每人提供三四幅作品。当时算是美术界的一件盛事，参观的人挺多，哈尔滨市一家用俄文出版的报纸还专门发表了评论文章。我的展品中有一幅《自画像》，保留到如今，这是我几十年从事油画创作的最早的纪念，也是我与俄罗斯美术情缘的记录。

学油画年代，有时我也背着油画箱，提着三角架，拎着一张绷在木框上的画布，到街头画些油画写生。我在铁路公园画过入口处的大花坛，紫丁香丛，在江畔画过大教堂，还在义州街桥头画过夜景。选景、色调都受到俄罗斯文学和油画的影响。可惜这些早年的写生油画都不知去向了。

学油画，对我后来从事创作有很大的益处，但也一度产生了偏见：只知学习西方油画，忽视了国画传统的重要性。那时我认为油画科学，讲究透视，合乎解剖，重视光暗、透视等等，但我轻视了祖国绘画的伟大传统，或者更确切地说，我远不理解国画的奥妙：它的人文精神，它的高雅，它的脱俗，它的非凡，它的线条功力，它的布色运笔技巧、利用墨色，使用宣纸等等。

当我稍稍理解中国书法绘画的高深意义时，人已年近半百了。

2011年

没有家园的民族

俄罗斯文学为我展现了一片陌生的天地，看到了那里呻吟在重压下的农奴和花天酒地的纨绔子弟。同时也看到了其他弱小民族，如亚美尼亚人、乌克兰人、高加索人，还有哥萨克和茨冈人等等。我不记得是先从文学作品中知道了茨冈人还是先在街道上见到了他们。

新中国成立前，在哈尔滨茫茫的中国人海里，异民族当中最有特色的莫过于茨冈人(又称吉普赛人)。他们可能是从西伯利亚那边流浪过来的。他们来无影，去无踪，神秘莫测。

茨冈人浪迹天涯，没有固定的家园。我忘不了在哈尔滨热闹集市上见到他们的场面。茨冈妇女衣着斑斓花哨，乌黑的长发，棕色的皮肤，明亮的眸子，巨大的耳环，成串的手镯，胸前挂满熠熠闪光的项链……她们把灰色的城市装点得五彩缤纷、喜气洋洋。我印象中茨冈人好像不爱穿鞋，可是身上总是带着手鼓，砰砰敲打，跳着欢快的舞蹈，大幅度的弯腰甩臂，时而唱起火爆的歌曲。她们不行乞，保持着一種尊嚴，但也從不拒絕過路人自願投給他們的錢幣。茨冈女人喜欢给人看手相，不管你是什么人，只要停下脚步观赏她们的表演时，她们便会主动拉着对方的手，指指划划絮絮叨叨，讲些什么话。你听不懂她们的语言，她们一点儿也不在乎，继续讲个不停。从她们那丰富的表情中，闪烁的眼神中，甚至语调中，可以猜出她们是在赞扬你的未来，或是替你的前途担忧。

有一天，是俄罗斯东正教的一个什么节日，在靠近道里江沿的教堂前，我见到了几个茨冈人。他们周围聚集着很多游客，可能是好奇心或是他们的色彩吸引了我，我凑到跟前看她们表演。一个头发卷毛的茨冈孩子，一下子拉住我的手，让他妈妈还是姐姐看手相。最初吓了我一跳，可是她们那亲切热情的样子，渐渐让我放下心来。她指着我的手纹讲了很多话，我无法理解，有时也冒出几句俄语。最后，她在我脸上热烈地吻了一下，更把我弄糊涂了，可是我领会这是对我的祝福。

一幅多么绚丽多彩的风情画，一篇多么优美的故事！可惜那时我还没有能力将这一切表现出来。

从那时起，我对茨冈人就特别有兴趣。我从俄罗斯文学作品中读到一些关于茨冈人的故事。普希金的长诗《茨冈人》让我理解了他们的豪放、正直、勇敢和浪迹天涯的生性，他们追求自由和忠贞爱恋的精神。成年后，我有机会从苏联小说中读到更多有关他们的故事，还在苏联观赏过茨冈专业艺术家们的歌舞表演，是那么激情四射，火热奔放。这时，我总会联想到少年时代在哈尔滨接触他们时的感受和俄罗斯文学作品对他们的描绘。

俄罗斯文学是多么丰富的人生宝库啊！

哈尔滨是多么神奇的地方呀！

2009年

纪念会

1937年哈尔滨俄侨在我们学校的大礼堂举行过一次最隆重的集会：纪念诗人普希金逝世100周年。出席者有数百人之多，有报告，有发言，还有同学们准备很久的文艺演出。

那时我为班上临摹了一幅普希金肖像，挂在课堂里。我本来就迷恋普希金的童话，这时对他的形象也产生了兴趣。我想，这位身上流着黑人血液的人怎么会成为俄罗斯的大诗人。上课时，我常常偷看墙上的画像，从那时起，我总想画一幅自己心目中的普希金。

50年过去了，祖国经历了多少风雨，个人又走过了多少坎坷的路。1987年2月13日是普希金逝世150周年。我们《世界文学》杂志组织了一场纪念会，邀请在京的诗人和翻译家们参加。我们凭借外文所研究多种外国文学人才的优势，用俄语、汉语、法语、英语、德语、西班牙语、捷克语、朝鲜语、阿尔巴尼亚语、塞尔维亚语朗诵了普希金的《纪念碑》《自由颂》《在西伯利亚矿山的深处》《致恰达耶夫》《致凯恩》《假如生活欺骗了你》等名篇佳作。纪念会结束时，老诗人艾青微笑着说："这样别开生面的纪念会在我国还是第一次。"他的话让我们筹备人员感到高兴与欣慰。

1994年，我为了给浙江文艺出版社编选《普希金抒情诗全集》，通读了他所有的抒情诗，并核对了我国几代译者的译文。我对普希金有了更多的认识，在这个基础上我着手创作我心目中的普希金。从一幅到几幅，从几幅又扩展到12幅，还不能包括他的生活全部。我还在补充这一组画。

1999年春，俄罗斯全国隆重纪念普希金诞辰200周年。我作为中国代表被邀请出席典礼。6月4日，在普希金国立纪念馆举办的庆祝活动之后，我将我画的《普希金在长城上》一画赠送给该馆。

这是我酝酿了多年的作品。画中有我对普希金的理解，同时也表现了普希金生前的愿望。100多年来，由于普希金的作品已全部译成了汉文，由于中国读者对诗人的热爱，由于普希金生前表示要到中国来，我画了一幅他的愿望变成现实的画——普希金来到了我国的万里长城上。这是一幅现实主义与浪漫主义相结合的作品，画上有我国著名诗人李瑛的题词。回国前我收到该馆馆长博加特廖夫的一封感谢信，他写道：

　　国立普希金纪念馆感谢您惠赠的《普希金在长城上》一画。这幅作品由于高超的艺术水平和对普希金形象非常有意义的和不同寻常的处理，它将在我馆美术作品中占有重要地位。

　　参加纪念活动期间，我有机会走访了普希金的一些纪念场所，回国后写出《圣山行》一书。书中不仅记述了大会的情况，而且还有对不同人士、普希金的后代亲属，以及外国研究普希金的专家们的采访记录。

　　斗转星移，几十年的岁月像松花江的水浩浩流过去了。

　　今天，我回忆自己走过的路，自己对文学与绘画的依恋，正是青少年时代在哈尔滨诞生的俄罗斯情缘的延续。

　　我在俄罗斯文学艺术中总能品尝到自己早年吸吮的奶浆，是它滋补了我，在写作方面和绘画方面给我提供了丰富的营养。

　　我忘不了最早一次经历的普希金纪念会。

2003年

初试译笔

1943年，我在学校即将毕业时，由于对俄罗斯文学的爱好，便试着进行翻译。我译的第一篇作品是屠格涅夫的散文诗《曾是多么美多么鲜的一些玫瑰……》。

当时我的俄文水平不高，我的汉文只限于生活用语。虽然是一篇小文章，但我哪来的那么大的胆子竟敢翻译经典名著。现在想起来真是汗颜。

我从字面上理解了散文诗的内容，便用自己仅知的词汇将它译成了汉文，然后还把译稿寄给了当地的《大北新报》。没有想到过了不久，我的译文居然见报了。那年，我17岁。我高兴地跳了起来，扬手触到了顶棚。我的家住的是个小平房，比较矮。

哈尔滨是我国最早解放的大城市。我有幸在1946年便认识了从延安来的文艺工作者。那是革命浪漫主义的时代，我参加了中苏友好协会的工作。中苏友好协会当时是党领导下的一个群众团体，除致力于巩固中苏两国关系之外，还致力团结、教育、改造深受奴化毒害和具有正统观念的青年，对他们进行社会主义与爱国主义教育。我当时从事过翻译工作，写过文章，编过刊物，布置过会场，画过广告，管理过图书……只要工作需要我就高兴地去完成。

我的汉文基础不深。年轻时，以为只要会说中国话会写中国字就能做翻译，所以莽莽撞撞地闯进了文学翻译天地。后来遇到的多次教训，使我猛醒，使我理解了文学翻译的艰辛和沉重。

1947年，哈尔滨中苏友好协会为庆祝十月革命30周年举行了一次图片展览，图片说明是我翻译的。从延安来到哈尔滨的女作家草明看了展览以后，关切地对我说："你的汉文不纯。"我那时已经发表过一些文章，一直自信满满，所以她的批评使我一怔。她建议我多阅读一些中国著名作家的作品，细细学习他们的用词等等。我按她的教诲办了，这是一次艰苦的文学跋涉。

那一年我还译了《保尔·柯察金》。它是根据奥斯特洛夫斯基的长篇小说《钢铁是怎样炼成的》改编的剧本。剧本中的主人公保尔深深感动了我，因为在那之前，我还没有见过那么坚强、那么忠贞、那么勇敢的年轻人。我那时还没有看过《钢铁是怎样炼成的》的原文和译文。剧本中全是对话，我觉得翻译剧本似乎比较容易。

三年以后，我在北京青年艺术剧院观看这部话剧演出时，发现对话中有些东北土语，相当刺耳。那时我才理解，文学作品中的语言是艺术，不是每句话都可以印在书上或搬上舞台的。

1948年，我译了冈察尔的短篇小说《永不掉队》。这是对自己汉文水平的又一次考验，同时也是对生活的一次考验。我从小说中理解到：人的一生应当永远向前，不可停止，更不能后退。这篇译文建国初期曾一度被选入我国语文课本。30年后，1978年，我将后来译的冈察尔其他短篇小说和《永不掉队》合编成一本集子。有一位朋友读后，说了一句话："你的文字30年来没有进步。"她的批评让我感到惭愧，对我相当于当头一棒。我检查自己的译文，认识到朋友的话是中肯的。从此我再次下大力气，不惜时间与精力，认真地阅读、核对和学习老作家们的翻译作品，逐字逐句地学习，看他们怎么翻译外文，怎样运用语言，怎样构建句式。1979年9月26日我收到巴金先生的一封信，说"您俄文好，中文好"，"为什么不同时译几本沙俄小说呢？"老作家对我的文字的肯定，让我感到特别温暖。但谁能知道我在学习语言方面下的苦功呢。

多少年后，翻译的作品多了，积累了一点经验，知道从事文学翻译不仅要精通作品原文，理解它所表现的思想，它所反映的生活和文化内涵，还需要很好地掌握母语，要学会转化，又要善于创作。文学翻译像是带着枷锁跳舞，在受到原文限制的情况下，仍然要展示出舞的美姿。文学翻译是项极其艰难的脑力劳动。到了晚年，我甚至有些不敢动笔，总觉得对原文没有吃透，用汉文表达不尽原意。

文学翻译工作何其艰难啊，只有从事这一行的人，才了解其中的苦与乐。

2009年

口译——我的大学

1954年，我从东北中苏友好协会（沈阳）调到北京，在中苏友好协会总会联络部任职，大部分时间是陪同我国代表团出国或接待苏联代表团，当口头翻译。

口头翻译是一种崇高的职业，是沟通两国关系的一座桥梁。它本身需要译者具备丰富的知识、大量的语汇、良好的记忆力、转化时的敏感等等。我在这方面都有缺陷。

少年时代，敌伪统治时期，接触的汉文语言不纯，历史又被篡改阉割，道德理念异化，心灵所受的摧残是难以形容的。走进社会，开始从事翻译工作，本身带有很多没有解决的问题，同时某些看法也没有明确观点。譬如，我曾对口译有过困惑，不愿当翻译，因为敌伪时期，"翻译"这一名声太臭。是戈宝权先生给我解开了这个疙瘩，1949年他去苏联路经哈尔滨，邀请从事俄文文学翻译的人开个会。那时，他针对我的困惑推心置腹地讲了一段话。他说，关键是译什么和为什么人而译。话很简单，我顿悟过来，从那以后我明白了翻译的意义，义无反顾地踏上了这条不平坦的路。

口译太难了，失败的教训让我一生难忘。

有一次，中苏两国作家相聚，在餐桌上一位俄罗斯女诗人敬酒，激动地讲了一席话，然后用俄文朗诵了一首中国古诗。敬酒词，我翻译了出来，可是那首诗怎么也译不成，译了个大概意思，主人们还是不知所云。主人们感到很失望，我也感到无地自容。

又有一次，我国代表团出访苏联，两位科学家对话时，主人讲了一段话，我不懂，反问了两遍，还是没弄懂。我只好按大意译了。我方代表表示怀疑："不可能吧？"弄得我只好承认自己在这个领域一窍不通。

又有一次是给周恩来总理当翻译，席间谈到双方办刊物的事。总理说对方用汉文办的刊物的读者对象，可以有从事俄文的专业人员、大学教授、文化工作者、大学生和职员。我译时，把"职员"一词忘掉了，总理立刻意识到，说："你译错了！"我愣住了。席间苏方有多位著名汉学家，他们也一怔。总理说："我提了五种人，可是你译时停了四顿，显然落掉了一种读者。"总理真英明，我怎么那么不细心？

当然，口译中不只这些教训。但这些教训足以督促我补课再补课。学古文，学科学，学各方面的知识，锻炼自己的记忆力。那时我每天早晨一起床首先是朗读俄文，训练讲话能力。每天在特备的纸条上记上几十个单词，只要有空闲时间就背诵。每天看见报上出现的新词汇我便找出俄文译法……那时，年轻、精力旺，但也没有少下苦功夫。我知道知识无穷，学海无涯。我也知道勤能补拙，笨鸟必须先飞。

口译中语气很重要。我担任口头翻译工作期间，有机会接触一些苏联文艺界人士，听他们谈话，听他们朗诵，很受启示。我意识到传达语气是很难做到的事。

记得1959年，苏联著名诗人吉洪诺夫在武汉大学向广大同学朗诵他写的关于中国的诗。他的声音洪亮，眼睛闪耀着光芒，有时挥动一下手臂，借以加强诗句的力量。他的朗诵激发了我国大学生的热情，掌声、欢呼声使地板都在抖动。我也尽自己的努力学他，但达到同样的效果太难了。

我国改革开放时，我和戈宝权应邀去莫斯科出席苏联文学国际翻译研讨会。那是1983年，苏联作家协会组织了一次苏联诗歌译文朗诵会。当我在台上用汉语朗诵罗·罗日杰特文斯基的诗时，我发现他用手指轻轻敲打原诗的节奏。显然，译文的节奏与原节奏不一致，他摇了摇头，又对我会意地笑了笑。我立刻意识到，节拍上出了毛病。

1984年叶甫图申科来我国访问期间，他朗诵时，手的动作较多，特别是手指的动作，眼睛也时而眯缝起来，时而睁得滚圆。更值得注意的是音色，他的音色变化使诗增加了情感韵律。

我还听过伊萨耶夫为艾青背诵他的情诗《致妻》。他的声音是那么柔润，那么多情，那么妩媚，缭绕于耳，颤栗于心。

一次又一次与苏联人接触，特别是聆听诗人们的朗诵，使我不能不反复考虑如何翻译他们的作品，如何表达他们的个人特色，如何注意语调与音色以达到相近的效果。

到了晚年，我认识到，即使从事笔头的译者也必须通晓口语，否则在译文中会缺乏语感，甚至会出误译。

担任口译，使我有机会接触到社会上各行各业的人，从普通工作人员到行政领导，从劳动者到战斗英雄，从科学家到艺术家。从事口译让我零距离接触了我国的和外国的文学艺术界大家，他们的言谈举止对我都是一种教育。

有一年，漫画家华君武跟苏联同行交谈，我做翻译，他们谈得很热情，很投入。临告别时，华君武好像才发现我似的，说了一句："我没有感到你在身边……"做口译时，双方感觉不到译员的存在，我认为这是最大的成功，是对翻译工作的最高褒奖！

高莽为卓娅母亲做口译

　　十年的口头翻译工作，如同上了一所大学，补充了我所缺乏的课程，鞭策我学习再学习，并用新的思想和观点武装了自己的头脑。

　　这所大学的教师都是怎样的一些人物啊！

2007年

她像一团火

　　她像一团火，出现在哪里，哪里便光焰四射，热气腾腾。大家围绕着她，有说有笑。

　　我和她相识是在1948年底或1949年初，在沈阳。那时我20出头，她比我年长两三岁，刚从苏联回国，被分配到我们东北中苏友好协会工作。

　　中苏友好协会是个新型的社会组织，担负着宣传社会主义，宣传苏联历史与人物，促进中苏人民友好与文化交流的使命。友协工作对象主要是知识分子与青年，除了几位从延安和苏联回来的老干部担任领导工作之外，大部分工作人员都是当地的小青年。

　　她从莫斯科初到东北，从社会主义苏联来到民主政权建立不久的中国城市，和一群刚刚走上新生活的中国青年男女生活在一起（我们当时都住在机关里），处处感到不习惯，但她很快就适应了国内战争时期的城市环境。

　　她回国时，汉文讲得带点洋腔洋味，但各方面的修养很高，又生性活泼乐观。我们当时在编辑一个刊物，她就帮助我们从俄文报刊上选材。我们的俄文不过关，她成了我们的辅导老师，业务顾问，解答各种有关苏联的疑难问题。总之，只要工作需要，无论是分内或分外的事，她都会热情地抢着干。她开朗、勤奋、好学、助人为乐、平等待人。组织大家做早操、跑步、打球、锻炼身体，有时还动员我们去游泳。她喜欢跳舞，唱歌，总之朝气蓬勃。当时她教会我们不少世界革命歌曲，如苏联的《共青团之歌》、西班牙的《红旗歌》等等。工作时，她从不偷懒，专心致志，埋头苦干。她的出现，给我们带来了一股清新气息，一股强烈的风，一团火。在与她接触的过程中，改变了我们拖拖拉拉的恶习，灵魂似乎得到了熔炼，不断地向高尚的境界升华。我们在她身上看见了新型国家的代表，看到了活生生的社会主义人物。

　　她在工作中忘我，在休息时尽情舒展，对人坦诚，没有一点儿私心。她的任何东西都可以送人，主动地资助一些贫困的同志。她就像是一个由"公"字铸成的人。大家都喜欢她，爱她，把她视如亲生姐妹。

　　她关心我们每一个人的学习与成长。我忘不了她怎样动员我定购苏联新出版的五十卷的大百科全书（第二版）。

她唯恐我购不起，或不买，自己花钱买了两本第一卷，把其中的一卷赠给了我。她说："如果我不在你身边，如果你遇到解不开的问题时，你可以向它请教，它会为你解答一切疑问。""文革"期间，我的很多俄文书籍都被当成废纸处理掉了，但50卷的苏联大百科全书，一直保留在身边，和我一起熬过了可怕的黑暗岁月。

我忘不了一个夏天，我们参加一个大型招待会之后，下着大雨。她显得格外兴奋，她不撑雨伞，而是冒着雨走回宿舍。大雨把我们淋得像落汤鸡，她却觉得非常有趣。她说这是极好的锻炼。她在雨中，漫谈着祖国的未来，眼睛闪着光芒，泪花和雨花搅在一起。她深信祖国人民的幸福和绚丽多彩的明天、祖国强盛伟大的日子经过暴风骤雨会很快到来。

我们很快就混熟了。记得有一天晚上，我们坐在院内的台阶上，仰望着满天的星斗，她让我记住哪一颗是北斗星，说那就是她。她突然感情迸发，向我敞开了心扉，吐露了心曲。那天好像是她的生日，这时我才知道她是一位革命烈士的后代，从小被送往苏联去受教育，在儿童院里长大。她的父母在法国生育她，给她起了一个法国气味很浓的名字。她不知道自己姓什么，也不记得自己的父母。她说，她永远感激伊瓦诺沃市的纺织工人们，国际儿童院就是靠他们集资建立起来的。在那里和她一起学习的有各国革命领袖与革命烈士们的子女。西班牙的革命领袖伊巴露丽、南斯拉夫铁托的儿子、我们党的领导者们的孩子们……其中有的孩子长大参加了苏联卫国战争，并为保卫苏联而献出了年轻的生命。她在儿童院里接受的是共产主义和国际主义思想的教育。当时的苏联政府为他们创造最优越的生活与学习条件，吃、穿、住、学习安排得井然有序。儿童院如同一座小城，院内样样东西都有，与外部世界隔离。所以她从小不知道钱的作用。离开儿童院之后，她进了东方大学语言系，学汉文，准备有朝一日能报效祖国。第三次国内革命战争已接近胜利的尾声，祖国需要大批人才，她和两位在苏联受过教育的女伴一起回国了。

新中国成立了，万民欢欣鼓舞。她和我们一起敲锣打鼓扭秧歌，走街串巷宣传新中国的成立。但是，美帝国主义不甘心自己的失败，不久，便发动了侵朝战争，战火燃到了鸭绿江边，轰轰烈烈的抗美援朝运动开始了。我们单位的人纷纷报名要求参加中国人民志愿军，她和我们大家一样，也写了申请书。记得她在申请书上写她姓"金"，会讲朝鲜语。我说，这是严肃的事，不可随便开玩笑。她说："我本来就不知道自己姓什么，所以现在用朝鲜人的姓，可以更容易批准上前线。至于朝鲜文嘛，到关键时刻，用不了多久就可以学会的。"烈火燃烧着她的心，她天天盼望组织上批准她上朝鲜前线，过了一段时间，调令来了，不是让她去前线，而是上首都——北京。

我们都舍不得她走，但又为她的离去感到高兴，因为大家都认为她在我们那个地方小单位，未免太屈才了，是大材小用。

离别时，她送给每个人一件纪念品。她留给我的是一双白骨筷子，我把这双筷子看成是护身法宝。每次拿起这双筷子来，就不能不想到她，就激励我努力学习俄文、学文化、锻炼身体。那时，我们都在食堂吃饭，每人有个放碗筷的小格。有一天，这双筷子突然不翼而飞，我感到极其沮丧。后来，和她见面时我生怕她问及这双筷子，为此而内疚。为了纪念我们的情谊，我又买了一双白骨筷子，再也没有让它遗失。

她去了北京，可是她带给我们的生活作风留了下来：锻炼身体，努力学习，热心帮助人，她的火光仍然燃烧在我们身旁。我们还保持了一个时期的通信联系。她总是让我用俄文给她写信，她的每封回信都认认真真地指出我文字上的差错和毛病，这事我永远铭记在心。我也忘不了她为我开出来的书单，让我阅读，增长对苏联的知识与理解。我，也不止我一个人，为在青年时遇到了这么一位热情的人而庆幸。我在俄文上有所进步，是与她当年的关心、帮助、教诲分不开的。

她走后，我们一直都关注她的信息。有一次，我们在报刊上看见她为中央领导人担任翻译时的照片。大家由衷地为她庆贺，她终于有了施展自己特长和能力的机会。

"文革"开始了，天翻地覆，黑白颠倒。可尊可敬的老同志老革命们一夜之间成了"牛鬼蛇神"，被揪出来批斗，踢打，辱骂……大家不能理解，在社会主义苏联长大的她更无法理解。据说，她和"造反派"没少据理争辩，但遭到的是嘲笑与谩骂。不久，她本人也被揪了出来，还坐了"喷气式"。她怎么能受得了这种人格的侮辱？她是那么相信人，相信同志，而有些人如今却翻脸不认人，成了不共戴天的仇敌。

各种"造反"组织，打着各种招牌对她进行调查，逼她揭发革命老同志们的"罪行"，让她写不实的材料，让她"招供"。她是位极有修养的人，她在任何势力威逼之下，决不讲一句违心的话。她大义凛然，宁肯自己遭受凌辱和毒打，绝不会干卑鄙的勾当，这是革命先烈的遗愿，这是国际儿童院的教育，这是党的培养。据理抗争无效，她便以缄默不语对抗。从此过了一年又一年，她一声不吭，有人说她精神失常，可是当她得知也是从苏联回来的一位青年朋友英年早逝时，她悲痛欲绝，甚至在自己的小房间里用雪白的布，布置了一个灵堂，她在这间屋子坐了一夜。还有人告诉我，她前两年还给一位同在儿童院长大的外国同学写过回信，思路清楚、字体规整、文字流畅，绝不像精神失常人的手笔。

"文革"结束不久时，我在北戴河海边上遇到了一所外语学院的老校长。老校长动员我去看看她，说她孤零零一个人，很可怜。说她不愿意见到晚年与她共过事的人，说我是她回国后初期相识的朋友，或许能给她某些安慰。我答应一定去。当我得知一位东北老同事去看她时，她同样是一言不发后，我有些犹豫了。我期望她的精神状况好些时，再去看她。一晃又过了多年，我向一些熟悉人打听她的近况。有人说她有位姐姐从外地来找过她，但她们未能长久待在一起。有人说，她身边只有一位保姆照顾她的生活。我一直在默默祝愿她身体早日康复，而且我相信，像她这么一位无私无畏、忘己为人的火一般热烈的人，必然会越烧越旺。可是我怎么会想到，这团火忽然熄灭了。

我翻阅那50卷的苏联大百科全书，却找不到答案。你不是说过"它会为你解答一切疑问"吗？我紧握着那双白骨筷子，真想让它传递我的痛苦与深情，可是它不会，因为这不是她留给我的那一双。我仰望夜空中的北斗星，北斗默默不语。

天哪，可恶的"文革"夺走了多么鲜活的生命。她虽然不是伟人，但她有一颗伟大的心！

活下来的人们啊！让我们学会爱护人吧！

1992年

笔名的故事

笔名是一个人的历史的痕迹。

我一生中究竟用过多少笔名，实在记不全了，但第一个笔名却牢牢印在心中——"雪客"。

为什么起这么一个笔名呢？因为我是东北人，准确说，是哈尔滨人，多雪城市的人。我生在初冬，喜欢大雪飞扬的日子，所以把自己想象是雪中的来客。我还记得爷爷告诉我"雪客"是鹭鸶的代名词。我查了辞典，没有找到这个词。

我用"雪客"的笔名在当地《大北新报》上发表了我的第一篇译文——屠格涅夫的散文诗《曾是多么美多么鲜的一些玫瑰……》。那是1943年，我17岁。后来我还用这个笔名译过几篇东西，投给报社，却如石沉大海。

1945年8月，抗日战争胜利以后，我到哈尔滨市中苏友好协会所属的机关报《北光日报》工作。那时苏联红军还驻扎在哈尔滨市，报上大量登载苏联消息。我学的是俄文，在编辑部做翻译，还给老编辑打下手，编过副刊。我年龄小，同事们都不称呼我的正名，而叫我的小名——"小四"，因为我是家中的第四个孩子。那时用"小四"这个笔名也发表了一些译诗和漫画等。后来，我觉得这个名字有些过于不严肃，便在"小"字下边加了个"月"字，"四"字上下加了耳朵和腿，变成"肖兒"。用"肖儿"这个笔名译过一些苏联诗和歌词等，刘炽等人配了曲，在哈尔滨大唱过一番。

20岁刚刚出头时，我认识了一位女孩，她一边工作一边学习俄文，她也想从事文学翻译工作。我给她起了个笔名"青梅"，自己叫"竹马"，其用意不说自明。"青梅竹马"多浪漫，多有感情。可是她从来没有用过这个笔名，因为没有发表过作品，而我的"竹马"随着感情的消逝，也就越用越少了。我将它改成"何马"，后来又改成"何焉"，繁体的"馬"字和"焉"字很相似。

"何马"是从"竹马"演化来的，"何焉"倒有点原因。

随着年龄的增长，对社会的变化的认识，我发现我并不想当"翻译"。在敌伪统治时代，翻译官就是日本走狗。可是，我对俄罗斯文学却有浓厚的兴趣，想翻译其作品。我陷入矛盾中，怎么办？那时，我便把"何马"这个笔名改成"何焉"，取意为"为什么？"我不想当翻译可是为什么我又要从事翻译工作呢？我用"何焉"的笔名基本上就是在当时的思想情况下使用的。

记得那个时候还用过"野婴""野炬"等笔名。

1948年，著名的俄罗斯文学翻译家戈宝权先生路经哈尔滨去苏联。当时他在地方报纸上看到有些作者在翻译苏联诗歌、随笔等，还有人撰写有关苏俄文学艺术的文章。戈宝权非常关心苏联文学艺术在中国的介绍，于是便向有关方面提出要求召开一个苏俄文学翻译座谈会。

我接到参加座谈会的通知，提前到了会场。戈宝权先生身穿一套西装，很扎眼，因为大家都穿的是布装。开会时间到了，他在会场上走来走去，透过眼镜不时看看手表，显然他有些急躁了。

"哈尔滨人怎么这么不守时间？"他的声音里没有责备，而是自言自语。

"还有谁？"我怯怯地问。

他拿出名单，念了一遍，又递给我看。

我不知道我当时的表情，显然有些发懵。我仔仔细细看了几遍，然后用颤颤悠悠的声音说："这些人都到了……那名单上写的都是我的笔名……"

戈宝权大概感到意外，他没有想到翻译文学作品和撰写有关文章的竟是如此一个毛头小子，更没有想到，他提出的笔名会是我一个人。

我不知道在这种情况下座谈会是否还能开得成。

在这么一位名人面前，我有些胆怯，甚至连气也不敢大声喘了。

戈宝权先生思考了少顷，最后说："就开一个两个人的座谈会吧！"

座谈的内容我记不清了，毕竟那时我太年轻，很多事情都不懂，而且时间已经过去了快60年。但我记得基本上都是他谈到苏联文学艺术的性质，他所接触过的苏联作家和艺术家们的状况。他问我对苏联文学有什么想法，在翻译上有什么问题？

我说，我不想当翻译，可是又太爱苏俄文学艺术，不知道该怎么办……

戈宝权这时给我讲了文学艺术的作用和使命，最关键的是他告诉我："看译的是什么作品，是为什么人而译。"简单的几句话，马上解开了我心头的疙瘩。

从那以后，我再也没有用"何焉"发表过译文。经过一番思考，我想了一个新的笔名"乌蘭漢"。

"乌蘭漢"是假借的蒙语。"乌蘭"是红色的意思，

"漢"是中国人的意思。我起了这么一个笔名是想当一个红色的中国人。

汉字简化以后，我翻译的文学作品，基本上用的都是"乌兰汗"。"汉"字改成"汗"字，我想表明翻译工作之难，它需要付出很大心力，如同流血流汗。

这期间也用过其他一些笔名，据我记得的有"秀公""海子""谢桃"……

有一个时期，我用高莽本名发表绘画作品较多，有人误以为我是个从事绘画的人。譬如1977年人民美术出版社出版的《马克思恩格斯》油画画传，扉页上印的便是"乌兰汗编文""高莽绘"。该画传印数是8万册，又如1979年中国社会科学出版社出版的《外国名作家传》（第二次印刷）印数是20多万册，我以高莽的名字为该书画了300多幅头像，因此可能被读者认为我是画画的。

"文革"以后，我担任《世界文学》主编时期，有一位热爱我们刊物的读者给编委会来信，质问："偌大的中国有那么多杰出的外国文学工作者，贵刊为何选择了一名画画的人当主编？"我该怎么回答呢？

有一年《苏联文学》杂志记者采访我，采访记录发表时，把我的名字"高莽"印成了"高葬"。编辑部感到为难，如果刊登勘误，反而可能造成更坏的影响。他们向我道歉，不知应当怎么处理是好。我说："不用更正，我写篇文章，用'高葬'作笔名就是了。"后来，我写了一篇杂文《我死了》给天津《今晚报》，用的笔名就是"高葬"，该文还得了奖。我一生中只有这个笔名不是我自己起的。

笔名作为个人的历史痕迹留在纸上了，回忆起来还有这么多故事。

2006年

无声的交谈

家中的空间越来越小，都被书占据了。

书成了我生活中的不可缺少的一员，除了妻子、女儿之外，就是书了。和妻子女儿有说有笑，有争有吵，而与书只有在无声中交谈。书维系着我与友人的联系，与远在国外的人的联系，甚至与离开我的人的联系。如果没有了书，生活该会何等枯燥。

我没有统计过我究竟有多少本书，但是每一本书我都翻阅摸抚过。如今，它们默默地像卫士一般高高低低地伫立在书柜里，不声不响。只要我的手一接触它们，它们就会跟我说话，我就能听见它们的低语，而且还能够分辨出男女不同的声音。

我的工作室同时也是寝室，书和我日夜相伴。

朋友们来做客，时而翻阅一下我的藏书，我只默许他们翻阅，很少让他们借走，不是我吝啬，而是历史的教训太惨痛，各次政治运动中不知销毁了多少心爱的书籍。而凡是有作者题辞的书，我更不会借出，题辞会唤醒很多很多往事。

人的性格不同，题辞也不同。有长有短，有的严肃，有的诙谐，有的板着面孔，有的妙趣横生，但都深深地含着一种情。曹靖华、戈宝权和草婴等几位俄罗斯文学翻译界前辈赠给我的单本作品或是多卷文集，题词简捷，还郑重地盖上朱红名章。在简捷的题辞里，我看到了他们不同的形象，听到了不同的声音。曹老斑白的短头，一口浓重的河南话，话中多是对晚辈的爱护之词；戈宝老一套西装，苏北口音，总是痴迷于探讨学术问题；消瘦的草婴操着上海腔，不慌不忙地讲述自己翻译的心得与经验。同时我还能听到他们译著中的主人公们说话的内容，没有声音，只有心灵的感应，而在其中有多少智慧啊！

俄罗斯作家们喜欢在自己书上作花样翻新的题词。我珍藏着不少他们签名题词的书，每次翻阅时，都让我不禁想起与他们相处的时间与情节。

叶戈尔·伊萨科夫是著名的诗人。20年前，1986年，他来到我国访问时送给我几本诗集和一本随笔《光明的钟》。他在扉页上题辞：

赠给高莽——一位不仅通晓我国文字，而且能够像友人、像画家一样感受到它的人。

伊萨耶夫与我同龄，他的诗作曾获列宁奖金，他本人获得"社会主义劳动英雄"称号。他为人豪放，粗犷，说话声音洪亮，非常坦诚，恨不得把心掏给你。听他朗诵，是一种艺术享受。我有幸多次听到他为多人也为我一个人朗诵自己的诗篇。

1991年年底，俄罗斯女诗人丽玛·卡扎科娃突然来到北京。当天，她就出现在我窄小的住处。我们喝着热茶，吃着点心，漫无边际地谈天谈地、谈天下大事，她对祖国的变化忧心忡忡。她说她是搭乘熟悉的航空员开的飞机来的，过了新年就乘同一架飞机回国。当时我住在紫竹院，中国国画研究院就坐落在我家附近，那里正在举行画展，我便带她去参观。她对中国绘画很感兴趣，我给她画了一幅漫画像。我们在一起度过了愉快的一天。

临别时她送给了我几首有关中国的和对祖国命运感到忧虑的诗，还有一本茨维塔耶娃的诗集。她在诗集中题了一句话：

亲爱的高莽！我爱你，我把自己最喜欢的前人和我灵魂的女神的书赠给你。

丽玛·卡扎科娃

1991年12月27日于北京

记得1983年我第一次认识她之后，她就热情地帮我选择俄罗斯女诗人的作品，还出主意，汉译本应该用怎样一个书名，想了一个又一个。从那时起我们就熟悉了起来，几次与她会晤，每次她都会送给我自己新出版的诗集。诗集像情缘把我们联系起来，而且随着时间的推移，这种情感不但没有消失反而日益增长。一年前，有位中国记者在莫斯科采访她，她关切地问道："高莽还活着吗？"我感谢她的思念。

1996年12月，为圣彼得堡艺术广场创作了普希金全身立像纪念碑的俄罗斯雕刻家米哈伊尔·阿尼库申给我寄来一本书，书上题了几句话，令我深受感动：

亲爱的朋友高莽！

祝贺你即将来临的1997年新年，我相信这一年会很好，会创作出很多作品，会有良好的情绪。

我的健康不错，着手进行很多工作，很想见到您，拥抱您，亲爱的高莽！

吻您，祝您一切一切都好！

我翻阅他的画册，想到我们十几年的情谊，想到在他的宏大的工作室的会晤，想到他向我展示自己得意的作品：普希金像、契诃夫像……我们当时谈得那么投机融洽。没有想到，他就在那一年的夏天，在他80寿辰的前夕与世长辞。他本来打算到中国来举行个人展览，如今成了没能实现的梦。我失掉了一位尊敬的长者，一位真诚的俄罗斯朋友。我现在拿起他的任何一本书，都会浮想联翩。

2003年6月16日是苏联女宇航员捷列什科娃完成宇宙航行40周年。我国准备纪念这一活动，中俄友协的朋友建议我为捷列什科娃画一幅画。我认为这个主意甚好，认真地完成了，我在画上还题了一首诗，后请俄驻华大使文化参赞梅捷列夫带到莫斯科去。梅捷列夫回京后，给我带来一本捷列什科娃的画册——《海鸥》。画册上她用端庄秀丽的俄文题了一句话：

敬爱的高莽教授：

深深感谢您那精美的礼物。怀着良好的祝愿。

瓦·捷列什科娃
2003年6月16日

话不多，但包含的内容丰富。我想起几次访问俄罗斯，都受到她热情的接待。最初她是苏联对外文化协会与对外友好协会联合会的主席，后来是俄罗斯国家对外科学技术文化交流中心主席。在莫斯科和在北京与她的见面时，总感觉到像在拉家常。记得提起她的故乡雅罗斯拉夫尔、提到那里的风情与人物时，她控制不住自己的激情，一首又一首地背诵她故乡诗人涅克拉索夫的作品。如今她已离开了岗位，每次翻阅她的画册时，她那端庄的形象，昂然走路的姿势，温柔的话语，常常映照在我的眼前。

书啊，你具有何等伟大的魅力！

诗集，画集——沟通了我与中国朋友，也沟通了我与俄罗斯朋友的情缘。他们中间有些人已经不在了，我更感到书缘的价值与珍贵。

近年，我常常想：科学飞速发展惊人，电脑代替了很多东西，电子书也出现了，那么印刷的书、手写的书还能存在多久呢？

可别中断人间的书缘啊！

2005年11月1日

对译诗的一点看法

几十年来，我翻译了一些俄罗斯文学作品，有诗歌、有小说、有剧本、有书信、有散文等等。直到现在，我对文学翻译也没有形成一个定型的看法。时间在变、年龄在变，对翻译的看法也在变，特别是译诗。

上世纪50年代，我译过马雅可夫斯基、吉洪诺夫、苏尔科夫、唐克等人的诗。他们的诗比较大众化，通俗易懂。"文革"以后又译了阿赫马托娃、叶赛宁、曼德尔施塔姆、帕斯捷尔纳克等人的诗。他们的诗寓意太多，词汇古奥，特别是后两位，译起来难多了。俄罗斯诗人的作品风格迥然，怎样能从译文上予以区别？在形式上我可能有所注意，但在用字遣词上做得远远不够。在翻译过程中，有时为了选择一个适当的词而不得，或为了某个韵而不成，我感到十分苦恼。现在还有一些完不成的译品，由于达不到自己追求的目的，而搁置在抽屉里。

青年时见识少、胆子大，什么都敢译。如今，对翻译有更多的领悟，便缩手缩脚了。

诗——能不能译，仁者见仁，智者见智，各有各的看法。我想，不同的看法还会存在下去，没有一致的看法也许对翻译学有益处。

我认为诗不可译，诗是一种特殊的文体。它发挥的是母语的最大的功能，有时一个词内含有多种意思。俄罗斯诗人阿赫马托娃、马雅可夫斯基等人都讲过他们的诗有的是无法译成外国文字的，更不用说喜欢别出心裁，热衷于创造新词的赫列勃尼科夫的作品了。译成汉文的诗，表达不尽原诗的文字特色、语言的乐感和简炼中蕴藏的丰富内涵。译成汉文的诗不等于原作。

同时我承认，外国诗应当译成汉文。原因很多，如并非所有读者都通晓外文等等。译成汉文的诗仅仅能称为"译文"。在译诗方面，我还在摸索，不知何等译法为好。有时想准确地表达原作的内容，有时想传达原诗的韵律，有时想追求原作中的一种精神，有时就是想把原作的形式借鉴过来。

自己从事译诗过程中，有教训，又不善于总结。如果硬要我说出自己崇尚的标准，那么我今天的看法可以归纳为一句话：译成汉文的诗要耐读、有品位，应当是诗。

　　我拜读过前辈诗人译的诗。吟诵时觉得有滋有味，确实是诗。然而有的译文一经核对原作，又无法承认所译是原诗，显然译诗中有译者的创作。

　　译诗——首先有个译者注入问题。译者把自己的理解与感情注入译文中，使用的是自己所掌握的语汇，译文中必然增加了译者的东西。

　　译诗——还有个接受问题。有的译诗不一定完美，可是不少读者却能把感情投入在吟咏中。正像《圣经》的汉译本，其中有些不明不白的句子，但教徒们虔诚地在诵读，《圣经》语言在历史进程中已被教徒们接受，已深入他们的心。他们相信《圣经》中的每句话每个字，并原原本本地按自己的需要去领会它的精神。

　　现在译诗大体有两种。

　　第一种是直译，一字不漏地把原诗译成汉文。关于直译，前辈们、同辈们，以及年轻的研究人员已发表过很多宝贵的意见，我没有必要赘述。译者尽量忠实地转达原文，尽量表现原作，尽量不掺入译者自己的观点。

　　第二种是意译。保持原诗的基本思想内容，根据汉文的特征对语句有删有增有变动或者可称为再创作。

　　过去，我认为再创作不属于翻译范围。如今，阅历多

了，反而觉得译诗中的再创作有其特殊作用。以匈牙利诗人
裴多菲的一首短诗为例：

> 自由与爱情，
> 我需要这两样。
> 为了我的爱情，
> 我牺牲我的生命，
> 为了自由，
> 我将我的爱情牺牲。

这是匈牙利文专家兴万生根据原文直译的，译文准确，
形式也保留了原样。早在半个世纪前，殷夫（白莽）已译过
这首诗，他是从德文转译的。德文把原诗的六行改为四行，
殷夫亦同。殷夫的译文是：

> 生命诚可贵，
> 爱情价更高。
> 若为自由故，
> 二者皆可抛。

　　裴多菲写这首诗时24岁，殷夫译这首诗时22岁。二人血气方刚，都处在争取民族解放的时代，对自由充满向往。原诗激励了译者，译者得到启发，打乱了原来的句型，对"自由""爱情"和"生命"三个词进行了重新组合，并用我国旧体诗五言绝句表达了原诗的思想、韵律和献身决心。殷夫的译文字字经过锤炼，无愧为佳品。这种译法应当保留。俄国诗人普希金、莱蒙托夫等人都有根据外国诗人的作品进行再创作的诗作，他们即把它称为"译作"，同时也认为是"创作"。这种译文，译者与原作者处于平等的地位。

高莽的部分译著封面

我认为任何一种译法都应该有生存之地，因为它们都有可取的地方。但有个前提，即译者是真正努力在翻译。我之所以这么说，是因为在市场经济刺激下，我国译界和其他领域一样，也出现了投机者，他们不惜侵吞前人的劳动果实，东扒一句，西抄一句，或将几位前人的译文拼凑在一起，换上几个字，便自封为新译本或重译。这是译苑的莠草、蛀虫。他们无资格进入译苑的神圣殿堂。

不同的译法有不同的效果，不同的译法能形成译苑的百花齐放。如果不通晓外文的读者对不同的译文进行比较可以辨别优劣，可以从不同的角度更好地理解原作，而译者也可以根据他人的译法汲取经验，把译诗的共同事业推向新的高度。

我觉得：今后刊物上发表短诗时，最好附上原文。现在排版技术先进，使用任何一种外文已不困难，而且短诗附原文并不多占版面，对通晓外文的读者有原文可以验证译文的正确性，学习翻译的技巧。再说，好的译文可以起到榜样作用。

译诗——是个复杂的、涉及很多领域的学术问题。我一直不敢触及它。

2006年

我的家"老虎洞"

很多学者、画家给自己的书房起名往往不离"斋""居"等雅号。

我给自己的书房，不，不仅是书房，而是我的家，也起了个名称——"老虎洞"，原因很多。

我生于1926丙寅年，即虎年。我妻子与我同庚。因此天然地便觉得与虎有点儿关系。成年后，开始蒐集各种有关虎的书画与工艺品。

说来也巧，20多年前，我住在北京海淀区紫竹院附近时，那里有座废弃的桥墩，墩上隐隐约约还可以看出"三虎桥"的字样。我注视着这三个字，陷入深思。为什么会叫三虎桥？我没有得出答案。

2000年，我家搬到朝阳区劲松桥附近的农光里，这儿是北京老工业区遗址，此地原名"老虎洞"。新区兴建时，对旧街道进行改造，老虎洞的街名被取消，改成农光里。我在废弃的旧电线杆子上发现了过去的街牌"老虎洞"，黄色的铜牌，黑色的楷体，字体工整。我把它捡了回来，摆在书柜里，成了历史文物。

虎 图

我向画家朋友们索求虎图。我高兴的是以画虎闻名的胡爽庵老先生给我画了一幅整裁的老虎，威武雄猛，正在下山，让人望而生畏。此图在墙上挂了一段时间，一想，我们夫妻二人都属虎，最好画一对。我过于贪婪，求画心切。没有想到胡老竟然爽快地满足了我的愿望，给我画了两只戏耍的猛虎，但他在画上没有题上款。我问何故？他笑眯眯地回答说："万一有一天，你生活没有着落时，不题款的虎图要比题上款的卖得贵。"哈哈！老先生考虑得可真周到，想得可真远！老先生早已仙逝，我很怀念他！《虎图》为我留下了永久的纪念。

我还有几幅虎图。一是出自书画家王学仲先生之手。他主要以画山水人物为主，他说，从未画过老虎，可是他没能拗过我的一再恳求。也许这是先生唯一的虎图，他的虎画于上世纪80年代。

石丹是山水画家衣惠春的夫人，在女画家中以画虎出名。她为我画了两只老虎，栩栩如生。衣惠春为她补了景，气势磅礴。

我40岁时，我的朋友刘连奎为我画了一幅群虎图。他说：本想画40只，可是那样的画太大了，你无处悬挂，因此画了十只。他的画很写实，一看就有西洋绘画根底，解剖等处理得都很合科学。画上的虎或单独，或成双，所以朋友们便在空隙间题了各种文字。最有趣的是艾琪的题词："我爱老虎油"，开始我未懂，后来一琢磨才知道，是英语的汉音，"我爱你"的意思。

1996年，我和妻子都70岁。华君武老先生为我们夫妻二人画了一幅漫画——双虎图。那时妻子已经失明，我每天给她上眼药。华老在画上深情地写了两句话：一句是："老友高莽孙杰留念。"另一句是："不是害羞，是点眼药的恩爱"。我很感激老画家对我们的关爱与同情。

早在半个世纪前，即1946年，我20岁时认识从延安来到哈尔滨的华老，长期受到他的呵护。1949年，我画了四幅反浪费的漫画，受到他公开的批评。批评文章刊登在《文艺报》上，从此我不再敢乱说乱画了。虽然那次批评掰掉了我从艺的棱角，但使我后来在历次运动中没有酿成大祸。我的妻子患青光眼时，是他介绍同仁医院眼科大夫治疗。他一直关心我的成长和我家庭的情况。华老已经90多岁，身体还算健康，只是思维和书写不听从脑子的指挥了。

陈孝庭是我在东北中苏友好协会的老同事，后来他在北京工艺美院任教。他送给我一幅虎图，与其他人的画不同，是两只小虎崽，卿卿我我，亲亲爱爱，别有一番情趣，常常让我想起我们青年时代在一起度过的美好时光。

李季清是人民日报的同志，是我女儿的朋友，他得知我有收藏虎图的习性，特别为我画了一对老虎，而且还装裱起来，让我受之有愧。

我的家，居住面积不大，靠墙的地方都是书柜，只留下一面白墙，时而将朋友们的赠画展示出来，供自己欣赏，也供来客赞美，虎图是其中重要的部分。

题字

除了虎图之外，我还请一些朋友为我家题写"老虎洞"三个字。最早为我题字的是中国社会科学院宗教所研究员、书法家何劲松先生。他写的是草书，落款用的是"棹父"，钤印的图章是"劲松"二字。

程与天是篆刻家，更是现代书法家。他用现代篆字题了"老虎洞"，有现代气息又有金石味道。当年他在沈阳工作时，有些传统书法家对他嗤之以鼻，不屑一顾。后来茅盾先生为他的书法展题签，才算平息了风暴。程与天革新思想很强，又敢于大胆实践，他是中年书法家中的佼佼者。

清灵慈惠是内蒙编辑家张阿泉的女儿，十岁时，她父亲带着她来我家串门，看了墙上的字，说："我也给您写一条吧！"我在床上临时铺了一张木板，盖上一条毯子，然后铺了一张宣纸。她选了一支毛笔，探了一些墨，大笔一挥，一蹴而就。我怎么也没有想到这个年纪小小的姑娘竟有这么大的魄力，又有这么深厚的功底。

我家的题字中，最重要的可能是杨绛先生的题字。她已年过九十，但思维敏捷，书法秀气。和这位老人交往频繁的电脑专家田奕女士鼓励我向她索字。她一再推辞，说从来没有给别人题过斋名。但她还是题写了，但不肯落名，只钤了一个名章"杨绛"。

工艺品

如果这些书法绘画和篆刻是师友之作，那么，我收藏更多的是民间工艺品老虎。我不仅收集了我国各地的工艺虎，还收集了不少外国工艺虎和自己做的工艺品。

我最喜欢的是我和我的母亲合作的一件虎盆。"文革"期间母亲用我准备丢弃的旧书泡了一锅纸浆，然后用瓷盆作胎，糊了一个盆形器皿。我在盆胎的外层用鸡蛋碎皮贴了三只老虎，看起来蛮有民间工艺品的味道。母亲102岁高龄时远离了我们。我一直保留着这个虎盆。我似乎还能感受到母亲的手的温度和她对文化无限的敬仰。

宋晓釜从丽江给我带回来一件木质的纳西族工艺品老虎盘：在一块圆形的棕色木盘子上，用刀雕刻出老虎的头。晓釜选择时，费了一番工夫，因为有凶猛的虎头，张着大口，龇着白牙；也有温和的虎头，闭着嘴，面对观众。她最后选了第二种。她请卖家刻上纳西族民族的字。纳西族使用的象形文字，没有"莽"字，便以"蟒"的图像代替了。这个圆盘挂在书柜上，日夜瞪着炯炯发光的眼睛，望着我如何工作。

天津的一位朋友给我带来一对泥人张的小老虎。既缺乏艺术性，又显不出民间性。后来我有机会亲自到天津泥人张商店参观那里的展品，这时我才明白，泥人张雕塑的人物，尤其是古装人物，活灵活现气韵生动，至于雕塑猛兽显然不是他们的特长。

加拿大科学院终生研究员晓崴，是专门研究长寿的学者。她来北京游览时为我买了一个木质的紫红色的圆体虎头虎身，刻出白色虎纹，大大的眼睛，翘着一支粗粗的尾巴，相当精彩，这是木制虎储存罐。我把它变成了留言罐，请客人们写上一句话，塞在虎罐里，待第二年生日时再启封。有些是祝福，有些是希望。让我回忆这一年的经历。

我女儿送给我一只黑炭精老虎工艺品，大头小身，翘着尾巴，刻着一片白色花纹，很独特。后来，我的画家朋友赵域的孙子赵丰也送给我同样一只老虎，恰好使我和属虎的妻子成双配对。

有位朋友周宝才从遥远的云南给我带回一只黑色木刻老虎。

小友李娜送给我两个烧瓷的虎，大小相当一个拳头，别有情趣。

虎帽、虎鞋、虎头钱包、有虎头图案的挂瓶……既是工艺品又是实用品。

布的、绒的、泥的、瓷的、皮的……各地有自己的风俗，生产者按自己的想象和理解创作了自己的"虎"。这是值得进行专门研究与探讨的学术题目。有剪纸老虎，又形成一种风格。

有东北的、西北的、河北的……凡能收集到的或朋友赠送的，我都摆放在家中，这是向民间艺术学习的好课堂，也是对我和妻子两只"活老虎"的默默祝愿。

外国工艺品

我收藏的工艺品老虎中也有一些来自外国。

我去非洲时,在坦桑尼亚机场的商店看到一只木雕老虎,未着任何颜色,约有50公分长,我甚是喜欢,但售价太高,几乎需要拿出我所有的现款,犹豫一阵,我还是买了。如今摆在我客厅的橱柜顶上,常常让我想到非洲神奇之旅。

我的外孙女每次从美国回来探亲都给我带来有虎图的物品:印有虎头的汗衫,圆形虎身蜡烛和虎边镜框,仔细一看,都是"中国制造"。但在祖国,我从未见过这类工艺品。

艾琪从日本带给我的是簫丝造成的小老虎,它装在一个小盒子中,来回可以摆动,颇有趣味,设计也大胆别致。

日本文学专家叶渭渠和唐月梅从日本给我带来的一只小老虎,大小好像一粒花生米,但工艺很精致的,它挂在一个小簸箕里。我想这可能是某种风俗,可惜我当时没有向叶唐兄嫂请教,不知道它有什么含意。

另一只是立元从日本带回来的,一座巨大的木雕老虎,沉甸甸的。我不知道是什么木头,真难为她了。为了携带这只老虎,她不得不减少自己的一些行李。这件工艺品,缺乏艺术性,造型也不美,也许日本根本没有老虎。

我有不少俄罗斯朋友,我自己也多次访问过俄罗斯,

高莽夫妇和老虎

在市场上没有见过工艺品老虎。只有一次，2001年我们几位
朋友乘游轮沿伏尔加河南下时，看到码头上有个摆小摊的，
是位四十几岁的男子汉，在他那高高的货摊上摆着不少泥制
品。我突然发现一个虎头，喜出望外，拿起来观看，摊主
说，这是从几个侧面可以看出几种兽头的玩具，它还可以当
作口哨，会吹出各种音响。原来他本人是美术学院的毕业
生，喜欢泥塑，自造了这个工艺品。这是我自己在俄罗斯，
从私人工艺家手中购得的唯一的一件虎头。

2009年，原北京大学教授任光宣，去俄罗斯莫斯科大学

担任孔子学院院长，他给我转来一对瓷老虎，一大一小，白瓷身子，青斑纹。我怎么看怎么像中国的青瓷工艺品，但底座上嵌着俄罗斯工厂烧制的字样。任教授告诉我，这是旅俄华人青年联合会主席吴昊博士送给我的，因为他知道我在收藏这方面的工艺品，这让我十分感动。

2009年12月在德国工作的岳梅女士经亲人介绍突然来访。她知道我喜欢老虎工艺品，特为我购得一支很小的陶瓷老虎，张着嘴，翘着尾巴，一支爪子向前扑。仔细查看后，发现它的肚皮上有稍稍突凸的一行字"Made in China"，这又是一个"中国造"，咳！中国民间商品已打入世界各国的市场。

我的"老虎洞"虽然杂居着不少表现老虎的书画与工艺品，但概括地说还是中国老虎最多、工艺水平也最高。不管是哪种材质制造的，不管大小，它的形象首先以美令人叫绝。它的头部可以与身体相差无几，它的尾巴可长可短，它的形貌可畏可亲，它身上的纹道可粗可细，但观赏时都会令你感到可爱，这是中国工艺品登峰造极的地方。

而且每个地区又有每个地区的特色。有的工艺品已经远非虎的形象，但只要额头上有个"王"字，就必能认出。中国的民间艺人、能工巧匠把自己美的观念灌注在"虎"的身上，它符合中华民族的欣赏观念，所以赢得广大群众的喜爱。

2009年10月25日在我生日那一天，我醒来发现一只红色布老虎摆在我的床头上，这是我女儿送给我的生日礼物。女儿的爱使我深受感动。我更想到83年前的今天，是母难日。母亲已经驾鹤西去，只留我还在人间。妈妈传给我的是做人的道理，是对人的关爱。妈妈永远活在我的心中。

我深信，我的"老虎洞"会增加更多的品种，在冥冥中给我以虎气，我也将在虎年里不辜负亲朋好友的厚爱与期望。

2010年10月

我画巴金先生

我的本业是外国文学研究，具体说，是研究俄苏文学。20世纪五六十年代担任过口译，后来又做了外国文学刊物的编辑，有机会接触到很多作家、翻译家，由于对他们的敬仰，时而画些他们的速写像。

在巴金老人逝世之后，我整理自己的画稿，没想到竟为巴老画过20余幅速写像和肖像画，其中巴老亲自签名或题词的有不少篇幅，真使人唏嘘不已。

巴金先生为人极其谦虚、和善、体贴他人，为他担任口译感觉到轻松。他通晓多种外语，很能体谅译者的苦衷，所以讲话时，每当他感到自己四川口音过重，或有的话是重点时，往往会重复一遍，以避免译者的误听或不懂。

他不太爱讲话，多半处于沉思状态，他的动作有时急促，有时又不太灵活，头发花白，不太整齐，鼻梁上架着一副近视镜。那时，我常常观察他的形象，觉得他的外表迷人，便唤起我作画的兴趣。

我画了一幅漫画像，怯怯地给他看。他看了半晌，憨厚地笑了笑。我认为他默许了，此后，有机会就画，胆子越来越大。

1956年，苏联作家波列沃依来我国出席纪念鲁迅先生逝世20周年大会，会后他遍访神州大地，回国后写了一本《中国行程三万里》。那期间巴金先生也出版了一本访苏随笔《友谊集》，我就此为素材，画了一幅漫画：巴老手中拿着《友谊集》，波列沃依手中拿着《中国行程三万里》。这幅漫画配合巴老的一篇文章，发表在我国出版的俄文《友好报》上了。这是公开见报的我画的巴老的第一幅漫画像。后来，又画过几幅，但那时没有注意保留，画了，给巴老观赏一下，就过去了。现在常常为此悔恨。

乌云压顶的"文革"期间，巴老在上海遭到"四人帮"残酷的迫害，我时时为老人担忧。灾难过去后，我根据自己心中的巴老，凭借想象，画了一幅：巴老满头白发，手拄拐杖，戴着眼镜，姗姗漫步在街头上。我把画寄给了巴老，不外是想让巴老像过去那样，看看漫画，宽宽心。过了几天，1977年6月3日巴老来信说："看了您的画，我不禁哈哈大笑，我很高兴，因为您还记得我那笨拙的姿态和动作。我也记得我们在一起过得愉快的日子。我今天还不会用手杖，也不常在街上漫步，眼睛不好是真，但视力未衰退……"

20世纪七八十年代，巴老每次从上海来北京，我便和朋友们去看望老人，同时抓机会为他画了一幅又一幅速写像。有的报刊想刊用，我寄给老人征求意见。1979年2月2日他写信告诉我说，他看过画像，"不能说不像，有点像在打瞌睡。"这是批评，不过语气委婉和缓。也许老人怕伤了我的心，又加了一句："因为是您画出来的，我倒倍感亲切。"

1979年冬，我画了一幅大的肖像，巴老在画上题了一段字："这是高莽同志心中的巴金吧？究竟是不是我，我一时也说不出，让我多想想。"巴老可能认为此画缺乏他的特征，所以含蓄地写了这么一句话。可是有的朋友，看了这肖像，觉得蛮像巴老，认为他的题词是一种调侃。

1981年9月，巴老前往法国，路经北京，下榻前门饭店。那天我把一张水墨画像带去。我想，老人如对画像予以肯定，希望他在画上题几个字。巴老看后，对画像表示满意，但说他很少用毛笔写字，这次更不敢用，怕把画像弄坏了。然后又说让他想一想。当时曹禺夫妇和邹荻帆也在场，大家交谈时，巴老一直未语。突然间，他站起来，问我："你带毛笔了吗？"然后走到临窗的桌前，让我展开画像，又欣赏了一阵，便在画的右上角处写了一行字："一个小老头，名字叫巴金。"这一行字写得特别别致，极有韵味。题款左边又写下当天的年月日。在场的人都叫好。巴老脸上一片笑意。

后来，朋友们在我家中看到这幅画时，奇怪我怎么竟敢称呼巴老为"一个小老头"。我立刻感到不妥，想了几天，决定为巴老刻一枚印章，盖在年月日的上边，以示题词出自巴老之手，并非晚辈狂称。

我写信把这事告诉了巴老，并寄去图章的印样。他回信说："谢谢您为我治印，我看到您寄来的印样，很满意，请您方便的时候寄来。"（见1981年11月28日信）

巴老80寿辰时，中央新闻电影制片厂张建珍大姐拍摄了一部纪念性的传记片，选用了那幅画作片头，使我感到莫大的光荣。

那一年，为了给老人祝寿我还画了他的一幅肖像。肖像周围，请一些老人：艾青、唐弢、臧克家、邹荻帆等题了贺词，署了姓名，交给陈丹晨带往上海，以示北京朋友们对老人的祝贺。

1992年初，我陪外宾去上海。巴老已年近九十，他希望我到他家坐坐。我走进巴老家时，他正在玻璃封住的阳台上晒太阳。巴老非常关切地叫我讲些苏联文学界的变化，小林站在一旁，让我讲得详细些，说："爸爸很想多知道些近况。"巴老有时插上几句话,提出一些问题。我怕老人累了,便停了口。没有想到他低声地说:"讲下去,讲下去……"显然,老人十分注意对他产生过很大影响的俄罗斯文学的嬗变和走向。那天主要是我说话,没有机会画像,颇感遗憾。恰巧这时谷苇来了,他是著名记者,常来探望巴老。我请谷苇跟巴老聊一会儿话,趁机为巴老再画一幅速写。我画得很匆忙,不便耽误巴老更多的时间。画完,请巴老过目,他笑了笑,签了名。当我告辞时,刚刚离开阳台,巴老又把我叫住,指了指我的速写本,意思是再看看那幅速写像。我把速写本展开,拿给他。他看了半晌,低声说了一句话。他的声音很小,而我又耳背,没有听清,我反问了一句。他向我要了画笔,在签名下边又加了一句话:"我说像我。谢谢。"

我知道自己的绘画水平,更知道巴老的话是对晚辈的爱护与鼓励。

我记得有一次,我把自己画的一些作家肖像拿给他观赏,向他请教塑造人物形象的问题。他说:"我觉得画肖像画要有力地突出人物的某一特点。"大概为了使自己的话不至于产生强加于人的印象,他又解释了一句:"这是我写小说的经验。"我永远也不会忘记他这句创作经验谈,但做到这一点,是何等不易啊!

1993年,胡孟祥请我画了一幅巴老的肖像。他带着这幅肖像请冰心老人题词。冰心写下:"人生得一知己足矣,此际当以同怀视之。赠巴金。冰心一九九四年一月三日。"那一年春天,胡先生又带着我的画像和冰心老人的题字,兴冲冲地去了上海,请巴老在画上签名。据胡先生文字记述:"我取出巴老的画像和冰心先生的题字,老人看罢,只听他轻轻地说声:'大姐为我题过字,高莽为我画过像。'然后他写了'巴金'二字和'一九九四年三月十四日'。"这是我知道的我为巴老画像上他的最后一次签名。

在巴老家的阳台上(1992年)

2003年，巴老将满百岁华诞！世界上如此高龄又创作如此丰富的作家稀若晨星。

为迎接这一喜庆的日子，我怀着崇敬与激动的心情画了一幅《巴金和他的老师们》。选择这一主题，经过多时的研究。

1980年巴金在《文学生活50年》的讲话中曾说到：

> 我在法国学会了写小说。我忘记不了的老师是卢梭、雨果、左拉和罗曼·罗兰。我学到的是把写作和生活融合在一起，把作家和人融合在一起。我认为作品的最高境界是二者的一致，是作家把心交给读者。我的小说是我在生活中探索的结果，一部又一部的作品就是我一次又一次的收获。我把作品交给读者评判。我本人总想坚持一个原则，不说假话。除了法国老师，我还有俄国的老师亚·赫尔岑、屠格涅夫、托尔斯泰和高尔基。我后来翻译过屠格涅夫的长篇小说《父与子》和《处女地》，翻译过高尔基的早期的短篇，我正在翻译赫尔岑的回忆录。我还有英国老师狄更斯；我也有日本老师，例如夏目漱石、田山花袋、芥川龙之介、武者小路实笃，特别是有岛武郎，他的作品我读得不多，但我经常背诵有岛的短篇《与幼小者》，尽管我学日文至今没有

学会，这个短篇我还是常常背诵。我的中国老师是鲁迅。我的作品里或多或少地存在着这些作家的影响。但是我最主要的一位老师是生活，中国社会生活。我在生活中的感受使我成为作家，我最初还不能驾驭文字，作品中有不少欧化的句子，我边写作，边学习，边修改，一直到今天我还在改自己的文章。

我的画就是以巴老的这段讲话为依据的。画了巴老讲话中提到的所有14个人物。

这幅画长5米，高2米，从构思到完成，用了三个月时间。正值2003年最酷热的时期，我想在这幅画中注入我对巴老的敬仰和挚爱及对外国文学的深情。

巴老是五四以来我国一位文学大师，他的成长带有强烈的时代特征。他对封建制度满腔憎恨，对未来充满憧憬。他对中国文学有深厚的基础，同时又大量吸取外国文学的精华。

巴金说他是受外国文学影响最深的一位作家。从他提及的外国作家名字来看，即可感受到他阅读范围之广，涉猎问题之多，钻研思考之深。他从这些外国作家身上最先学到了讲真话，把心交给读者，学到了人道主义精神和民主主义思想。

我决定把巴金和这些作家画在一起。但他们不属于一个

《我说像我》（高莽速写）

时代，又是不同国家的人，如何表现他们的关系？画什么时代的巴金？穿什么衣服，拿什么笔？我反复修改自己的草稿，最后定位在中年的巴金身上。

画中年代最早的作家是法国的卢梭，他生活创作于18世纪。青年巴金在巴黎学习时，常到卢梭的纪念碑前，倾诉自己内心的块垒。

画上苏联作家高尔基在其早期作品中所描绘的传说中的丹柯长期激动着巴金的心。巴金希望作家们都学习丹柯的精神，把自己的心从胸膛里掏出来，为处于黑暗中的人民照亮前进的路。我画了高尔基，也画了丹柯。丹柯把赤烈的心高举在巴金的胸前。

画中人物时空交错，我加了一些文字作为补充。如，我让赫尔岑手拿着他的俄文原作《往事与随想》；屠格涅夫身上录了他的散文诗《俄罗斯语言》的原文全文；左拉背景是法文报刊上的《我控诉》的报头，这篇犀利的讲演曾鼓舞过巴金抨击封建制度的勇气；在有岛武郎身旁用日文写上了巴金经常背诵的《与幼小者》一文的篇名；在田山花袋身旁是他用汉文写的诗；武者小路实笃打开的书页上印着《新村五十周年祭》，"新村"是他力倡的一种社会运动。

巴老说他成为作家的主要的一位老师是"生活"，是中国社会生活的感受。所以，我在画的下端，画了中国现代生活的不同时期与种种现象：封建社会逼死四凤投井、抗日战争、第三次国内革命战争、抗美援朝、文化大革命、萧珊逝世、粉碎"四人帮"、人民大会堂、现代文学馆……

书写画上的题词费了我不少精力。最初想请书法家代题，可是在5米长的宣纸上安排400多个汉字，太难为人了。无奈，只好自己动手，仅写这段题词就用了两三天时间。

为创作这幅画，我反复阅读了巴金的很多作品和其他有关国家文学的著述，并得到了许多朋友的帮助。画中除了巴老提到的14个人物之外，我主动增加了俄罗斯革命家、作家克鲁泡特金。克鲁泡特金是巴金早年的偶像，他译过克氏的作品，对他一生有过巨大的影响。我增画这个人物，得到很多朋友的赞同。

《巴金与他的老师们》一画完成了，交给了中国现代文学馆，展出了，得到一些人的好评。

我知道，画中有缺陷有遗憾。可是我想，如果不是一个研究外国文学又喜欢画画的人，完成这么一幅作品可能更难。我是多么希望巴老能够亲眼看一看这幅表现他与外国文学家关系的作品啊！可惜永远也办不到了。

完成这幅作品之后，我又写了几篇巴金与外国文学的文章。

我希望今生还能继续为巴老画像，因为巴老永远活在我的心中。

2005年10月25日

百岁青松
——记杨绛先生

　　杨绛先生100岁了，虽然身体略显纤弱，听力有所退化，齐耳的头发灰白，但她仍然像一棵青松，耸立在山峰上，在阳光下闪动着一身碧绿，散发着大自然的醇香。

　　杨绛先生是位大文学家、大翻译家，是位贤惠的妻子，慈爱的母亲。她生活异常俭朴、为人低调，从不张扬，从不趋炎附势。她的寓所，仍然是水泥地板，从不装修，室内没有昂贵的摆设，也没有多少书籍。只有一些淡雅的花草，散摆在案头和阳台，给她带来一些青春的气息。

　　杨绛祖籍江苏无锡，1911年生于北京一名开明知识分子家中，兄弟姐妹多人。少年时代在上海读书，21岁毕业于苏州东吴大学政治学系，获学士学位。旋即考入清华大学研究院，攻读外国文学研究生。1935年与钱锺书结婚，随后游学于英、法。1937年女儿钱瑗出生。1938年回国。

　　杨绛本名杨季康。有一次我们好奇地问她笔名的来历，她逗趣地说：我家里的姐姐妹妹嘴懒，总把"季康"叫成"绛"，由此"杨绛"便成了笔名。1941年，在上海一家小学任代理教员时，写成剧本《称心如意》，公演了，从此便出现了一个"杨绛"。

日本投降后，她一度在复旦女子文理学院任外文系教授。解放战争胜利后，应聘到北京清华大学任教。

1953年院系调整后，杨绛调至中国科学院哲学社科部（即后来的中国社会科学院外国文学研究所）任研究员，直到退休。

1962年，我调到社科院外文所，认识了杨先生。她总是坐在不显眼的地方，很少发言。那时候我还不知道她在新中国已经经受了几次政治运动的冲击。

1966年史无前例的"文化大革命"爆发，在那人妖颠倒的年代，她和钱锺书先生都被打成"牛鬼蛇神"，受到红卫兵和造反派的百般侮辱。钱先生屡遭无端攻击与诬陷时，杨先生全力卫护他。造反派把愤怒撒在杨绛头上，批斗她给钱锺书通风报信。杨绛没有感到屈辱，反而认为值得自豪。这位看起来弱不禁风的女性用坚定的语气说，她是通风报信了，因为她能担保"钱锺书的事我都知道"，而且"敢于为他的行动负责"！她的声音不高，每句话掷地有声，震撼人心。这种高风亮节的表现，远非每一对夫妇能够做到。正是在这个时候，我看到了这位女性的伟大与刚强。

"文革"结束，改革开放时代开始。钱杨二老受到各方面的拥戴，国内外各色人物纷纷来访，请求拨冗赐见。他们总是婉拒谢绝，他们知道已经耽误了十年大好时光，不愿再为浮名浪费光阴。他们无比珍惜余生从事学术研究与创作的时间。

1994年，钱老患病割去一个肾脏，住院期间，杨绛先生守护在身边，帮助他解脱痛苦，给予安慰。1995年5月18日杨先生给我的信中写道："锺书仍重病，我尽力保养自己，争求'夫在前，妻在后'，错了次序就糟糕了。"多么崇高的声音！话中的深情，令任何人都不能不为之感动。如今，钱先生确实在她之前走了，他的先走也许使她在精神上有些慰藉。错了次序，二老如何是好？

钱杨二位先生是受过西方教育的人，但他们保持并发扬了中华民族夫妻关系的传统美德。他们是我们永远应该学习的榜样。

不一般的作家

杨绛最早创作的文学作品是戏剧。

1943年1月她写的喜剧《称心如意》，由国立戏剧专科学校毕业生搬上舞台，5月份上海联谊剧团又在金都大戏院进行演出，导演是黄佐临。1944年她又写成《弄真成假》，公开上演。

记得上世纪80年代，与李健吾老先生同游某处时，他兴致大发，对我说，他曾经演过戏，剧本是杨绛写的。他在剧中扮演的是主角。我还记得他颇自豪地说，他为这个戏出过力。这事让我很意外，当时他谈得津津有味，后来我追记过这段事。不记得是谁让我写成文章，自以为很快就能发表。但文章没有面世，手稿也没有保留下来。

除了剧本以外，杨绛先生写了不少短篇小说、散文、随笔、甚至长篇小说。

她的作品中的人物，大部分是真人真事，有根有据，如车夫、送煤工、保姆等普通老百姓，反映出来的是时代的大背景，及各种重大的事件。

杨先生写的建国以后几次政治运动的小说和随笔，对我感触最深。

1951年杨绛在清华大学任教时，全国举行"三反"运动，年底转为针对知识分子，那时又称作"脱裤子、割尾巴"，雅称"洗澡"。杨绛很少参加这样的会，有人提出意见，她称："怕不够资格。"此后有会她必到，认认真真地参加了"三反"运动。杨先生说，她"洗了一个小盆澡"，一次通过。接着是"忠诚老实运动"，她把自己的历史交代得一清二楚。

这是她第一次参加的政治运动，心灵上留下不可磨灭的烙印，为后来写作积累了一定的材料。

过了30多年，凭借自己的记忆和分析，她写成长篇小说《洗澡》。她写了建国前后形形色色的知识分子，小说像是没有结构没有主角，但给人留下一幅斑斓多彩的画面和各种不同性格的人物，让人深思。

"三反"结束后，全国院系调整，杨先生被调入文学研究所外文组，她的工作是外国文学研究，写了《论菲尔丁》一文。

1958年全国"双反"运动，"拔白旗"。杨绛的《论菲尔丁》是被拔的对象。杨先生说："我这面不成样的小白旗，给拔下来又撕得粉碎。"从此，杨先生决心再不写文章，遁入翻译。

1966年"文革"爆发，从北京到外地掀起"横扫一切牛鬼蛇神"的运动。那年8月初，杨绛在外国文学研究所作为"反动学术权威"被"揪出来"。从此开始了受污辱、受践踏，挨批、挨斗的日子。造反派给她剃了"阴阳头"，派她在宿舍院内扫院子，在外文所内打扫厕所，"住牛棚"。余下的时间作检讨、写认罪书等等。

20年后，杨绛在《丙午丁未年纪事（乌云与金边）》中详详细细地记述了她在"文革"期间的经历。这篇文章不仅真实地写出了知识分子们在新政权下的种种遭遇，如同一场可怜又可悲的滑稽戏，同时勾绘出"红卫兵""造反派"等等组织中成员丑恶的嘴脸。她又告诉读者，当时随着造反大旗摇旗呐喊的人当中，有一些无奈者、被迫者。杨先生把他们视为"披着狼皮的绵羊"，表面凶狠，内心尚善。正是由于他们暗地的关照，使杨绛等"牛鬼蛇神"免于受到更大的折磨和伤害。

我常常想，新的一代青年人，应当了解一下新中国成立以来的历史，了解一下他们绝对想象不到的场面。杨绛的《丙午丁未年纪事（乌云与金边）》应该是必读之一。

杨先生在许多散文中写了亲朋好友，如《回忆我的父亲》《回忆我的姑母》《记钱锺书与〈围城〉》《记杨必》

等。但让人最不能忘却的是她笔下的女儿——钱瑗。钱瑗是他们的"生平杰作"。钱杨二人在英国留学时生了钱瑗。钱瑗自幼通晓英文，回国后，在北京师范大学又学了俄文。她的外语才能精湛，她的学识渊博，她的目光敏锐坚定，在大学任教时勇于创新，开创了"文体学"课程，在教学与科研方面做出重大贡献。不幸的是，她早于父亲一年辞世。

钱瑗的逝世，是父母最大的悲痛。杨先生没肯把这一噩耗告诉病中的钱老，自己在心中担负了一切悲哀。但她在后来写成的《我们仨》中记述了钱瑗在家中的地位，她的遭遇。

《我们仨》一书中包括三部分《我们俩老了》《我们仨失散了》和《我一个人思念我们仨》。这是一部关于父爱、母爱、子孝的奇书，是人生教科书，必读的书。它教导人应当如何面对苦难、面对死亡、面对幸福、面对人生变化。杨老太太为我们留下了精神财富、爱的启迪和憧憬。

如今钱瑗这位不同寻常的才女先于父亲走了，深深敬爱她的师生们在北师大园内一棵雪松下留下她的一捧骨灰，成为后来学子悼念的场所。

译界典范

杨老精通英法两国的文字，晚年又自学了西班牙文。杨先生译过一些英法西班牙文学作品。她说："我翻译的书很少，所涉及又很窄，几部小说之外，偶有些文艺理论，还有小说里附带的诗，仅此而已。"她又说："但是我翻译的一字一句，往往左改右改、七改八改，总觉得难臻完善……"我们从她的声音中不难感受到她锲而不舍、精益求精的精神。她是我国译界的一位典范。

杨先生从事文学翻译几十年，对这一行业体会尤深。她说："翻译是一项苦差事，我曾比之于'一仆二主'。译者同时得伺候两个主子。一个洋主子是原文作品。原文的一句句、一字字都要求依顺，不容违拗，也不得敷衍了事。另一个主子是译本的本国读者。他们要求看到原作的本来面貌，却又得依顺他们的语言习惯。我作为译者，对'洋主子'尽责，只是为了对本国读者尽忠。我对自己译本的读者，恰如俗语所称'孝顺的厨子'，主人吃得越多，或者吃的主人越多，我就越发称心惬意，觉得苦差事没有白当，辛苦一场也是值得。"

杨先生说，她本来不是一个翻译者，也没有学过翻译，

"翻译是我的练习——练习翻译也练习写作"。

在清华大学当研究生时，叶公超教授让她翻译一篇英文论文《共产主义是不可避免的吗？》。她并不热心政治，那篇文章既沉闷又晦涩。她说："我七翻八翻，总算翻出来了。"交了卷，却得到叶公超的好评，没有多久就在《新月》杂志上刊登出来了。这是她的第一篇译作。

抗战胜利后，她翻译了英国伤感主义作家哥尔德斯密斯（1730—1774）的散文《世界公民》中的一段，起名《随铁大少回家》，发表在储安平的杂志《观察》上，博得傅雷的称赏。

杨老到清华大学工作后，她读了英译本西班牙经典之作《小癞子》，很喜欢，就认真地把它译了出来。后来得到法译本，又重译了一遍。到了20世纪50年代，她发现转译中的错误，于是又从西班牙原文第三次译了这本小说。她认为"从原文翻译，少绕一个弯，不仅容易，也免了不必要的错误。"

《小癞子》原作出版于1554年或1553年，至今未能考订确切年份，更弄不清它的真正作者是何许人。因为小说中很多讽刺与幽默的成分，这是杨老所醉心的部分。400年后，1977年，杨绛将她喜欢的这部小说译成汉文出版。

这里想提一下，杨老对书名的改变，表明她对翻译的追求。《世界公民》中的人物Beaou Tibbs杨先生把它译作"铁大少"。《小癞子》原作书名是《托美思河的小拉撒路》。杨老想到："《新约全书·路加福音》里有个癞皮花子名叫拉撒路，后来这个名字指一切癞皮花子，又泛指一切贫儿乞丐……"如按原文翻译书名很难为中国读者所接受，未免过于拗口。于是杨老把复杂的书名改译成《小癞子》，既不失原作书名的本意，又符合中国读者的口味，无疑是成功之笔。

抗日战争胜利后，新中国成立前夕，杨绛潜心翻译长篇小说《吉尔·布拉斯》。《吉尔·布拉斯》的作者阿阑·瑞内·勒萨日（1668—1747）是法国写实作家的先驱。这部小说反映的是两个朝代的法国社会，揭露了社会的黑暗，但并未批判社会制度的不良；作者嘲笑了教士，但并不反对宗教。译文发表后，杨绛请钱锺书为她校对一遍，钱老在译稿上划得满纸杠子，说："我不懂。"杨绛从这句短短的评语中领悟到许多有关翻译的问题：如何才能把原文译好？她开始重译。

1956年1月《吉尔·布拉斯》这部47万字的长篇小说正式印成单行本，1962年杨先生又重新校订修改了一次。曲折惊险的故事情节，获得读者的喜爱，甚至获得好评，但她本人并不太欣赏这部小说。这部译作为她招来另一项翻译任务。

外国古典文学名著丛书编委会邀她重译《堂吉诃德》。杨绛说："这是我很想翻译的书。"

杨绛找了五种英法译文版本，仔细比较，惊奇地发现："许多译者讲同一个故事，说法不同，口气不同，有时对原文还会有相反的解释。谁可信呢？"她要忠于原作，只能直接从原作翻译。

年近半百的杨先生开始自学西班牙文，这是一段艰苦而漫长的历程。她为自己规定每天的学习时间，背生字、做习题，一天不得间断，因为她认为"学习语文，不进则退"。

她说，西班牙文长句多，汉文如何处理这类长句，她进行了多方试译、探索与比较，最后确定：既忠实原文又兼顾汉文表达习惯的方式。

杨绛根据《堂吉诃德》原版本，翻译到相当部分时，"文革"开始，译稿被红卫兵抄走。后来译稿虽然被退还，但她觉得好像是一口气断了，接续不下去。于是又从头译起。这是多么宏伟的一项工程啊！1976年底全书译毕。1978年人民文学出版社出版。杨老对自己的译文要求很严，1985年《堂吉诃德》译本已出版了三版，她还是不断校订，发现有些毛病，如：文字欠妥，辞意欠醒，印刷错误，还有翻译的疏漏等。

　　为了表彰杨先生翻译西班牙经典文学的贡献，西班牙国王于1986年10月在驻华大使馆特向杨绛颁发"智慧国王阿方索十世十字勋章"。

　　杨老到了晚年，还念念不忘这个译本，她不无深情地说："我常想参照一个更新的原著版本。把旧译通体校订一遍。"九年后杨绛又校对了一次。她最后写了一篇有关翻译此书的文章，题名是《失败的经验》，后略作修改，又以《翻译的技巧》为题名重新发表。

　　她说到翻译的困难，"至少，这是一项苦差事"，"译者一方面得彻底了解原著；不仅了解字句的意义，还须领会字句之间的含蕴，字句之外的语气声调。另一方面，译文的读者要求从译文里领略原文。译者得用读者的语言，把原文的内容按原样表达；内容不可有所增删，语气声调不可走样。原文的弦外之音，只从弦上传出；含蕴未吐的意思，也只附着在字句上。译者只能在译文的字句上用功夫表达，不能插入自己的解释或擅用自己的说法。译者须对原著彻底了解，方才能够贴合着原文，照模照样地向读者表达。可是尽管了解彻底，未必就能照样表达。彻底了解不易，贴合着原著照模照样地表达更难。"

　　我虽然不懂英法西语言，但也学习从事文学翻译。杨老

杨绛先生在速写画像上签名

的经验让我受益匪浅。我认为她关于文学翻译的论述是长年实践的宝贵结晶。

作为翻译家的杨绛感到遗憾的是没有翻译过英文小说，而英文是她第一外国语。

钱老和钱瑗逝世后，为了寄托无法倾泻的哀思，杨先生从英文转译了一篇被视为"天书"的希腊哲学家柏拉图的《对话录》中的一段《裴多》。

她知道这是一本非常难懂更是难译的书，她是为了"忘了我自己"而去干这一苦差事的。

我想起，几年前，她译了兰德的《暮年余热·献词》：

> 我和谁都不争，
>
> 和谁争我都不屑；
>
> 我爱大自然，
>
> 其次就是艺术；
>
> 我双手烤着
>
> 生命之火取暖；
>
> 火萎了，
>
> 我也准备走了。

翻译工作使杨老的精神得到升华。有人称，杨老译的《裴多》是她的"天鹅之歌"。

杨老评画

杨先生在中国社会科学院外国文学研究所工作期间，我在该所《世界文学》杂志编辑部，为了处理一些稿件，有时需要请教杨先生。那时钱先生在中国文学研究所任职，经常来看望杨先生。两位学者总是一起，形影不离，令人羡慕与赞叹。

二老在一起的形象很上画。我一直想把他们画出来，不是画单独一个人，而是二人合在一起。

"文革"期间，从事社会科学的研究人员纷纷被赶到河南信阳去走"五七"道路，听任军宣队摆布，今天盖房子、修猪圈，明天开批斗会、抓"516"。这些知识分子什么都可以去干，就是不让他们真正研究学问。

政治运动第一，阶级斗争一抓就灵。圈在干校院内的知识分子除有限几种政治书报之外，什么也不许看。他们被强制地与书隔缘。不看书，不了解外部世界，还称得起什么知识分子？天长日久，军宣队抓"516"没劲了，批斗会也开得有气无力了。那一阵，晚饭后，接受改造的知识分子们三三两两地到干校附近的野地去散步。活动天地不大，迎面总会遇到熟人。我常常看到钱杨二老的身影。在众人当中只有他们显得无比亲密，因为大多数人的感情在当时那种环境下已被扼杀。他们二人的形象深深地刻在我的脑海中。有一天，兴致所至，我默画了他们的背影，夸大了钱先生的笨拙可笑的体态和杨先生亲昵娇小的身姿。二人并肩漫步，满身人情味。朋友们传看，认为画中抓住了他们的特点。不知何人把那幅漫画拿给了钱杨二位。我得知后真有些害怕，怕惹得二老不高兴，怕说我丑化了他们，更怕上纲上线说我宣扬资产阶级爱情观，给自己惹来新的麻烦。我心中犯嘀咕，因为早在1950年，《文艺报》就载文批判过我的漫画，说我丑化了无产阶级和劳动人民。我心有余悸。后来栾贵民告诉我，二老看后不但没有生气，反而称赞了几句。

干校生活结束了，我们回到了北京。改革开放伊始，意识形态气氛有所宽松，我又给钱杨先生画了几幅速写像和漫画像。我知道钱杨二老喜欢幽默。我便将自己画的几位文学前辈的漫画像送给二老玩赏。杨先生看后给我写了一封信："你历次寄给我的画册和信和照片都收到，说不尽的感谢。我老想给你写信，而没有时间，没有精力，没有心情。经常抱着满怀歉意。我该写的信有一大堆，干脆虫多不痒了。可是你这头大虫（我指信不指人！）这回又带了小虫子一同咬我，我只好抽空挠一下痒痒吧。""画像何其芳的最好，其次俞平伯。我的比锺书的好，我和他两幅都偏向美化，绊住了你的神来之笔。可是你这位孝子顺从妈妈的话，我只能尊重你的孝顺，也尊重你妈妈的聪明——我在这里为她老人家祝福。"

这里需要作一点说明。自从1950年我因漫画挨批以后，再不敢画漫画。随着一场又一场政治运动的开展，我学乖了，只美化不丑化。有一次，我妈妈对我说："你画男人时，画得年轻一点；画女人时，画得漂亮一点。"她的话甚灵，每次按她的信条作画时往往博得被画人的肯定和赞美。这话传到钱杨二老耳中。有一天，栾贵民告诉我："有人说，按你妈妈的话画下去，画不出真正的艺术作品来。"他没有指明"有人"是谁，但我可以想象这话出自何

杨绛先生（高莽速写）

人之口。这也正是为什么二老肯定我的漫画而否定我美化的原因。我很感激二老一针见血的批评。他们的话，我铭记在心，可惜长期的禁锢使我已放不开手脚了。

我还在钱先生书写的《仓颉》二字的纸头上补画成小品，并利用他试笔时留下的未写完的字作为草丛上飞舞的昆虫。我觉得小画还有些情趣，便把原画拍成照片，寄给杨先生，如杨先生愿意，可拿给钱先生看一看。我想这类趣事或许能给病中的老人带来些愉快。当时钱先生正在医院治疗。1995年5月18日，杨先生寄给我一封信："收到来信并附照片，已带往医院给锺书看。他十分欣赏你的两幅小画以及'草丛上飞舞的昆虫'。"

捧读杨先生的来信，我控制不住自己的激动，热泪夺眶而出，默默祝钱先生早日康复。

关怀青年

2001年，90多岁的杨绛先生代表已故的钱先生和女儿钱瑗将稿费捐献给母校清华大学，作为"好读书"的奖学金。这是他们对青年人的爱护，还特别强调奖学金不要用钱老和她个人的名字。

杨先生说："'好读书'奖学金宗旨是扶贫。因为我们看到富裕人家的子弟升学很方便，可是贫困人家子女尽管好读书，也有能力读好书，想上高中，读大学还是很困难。'好读书'奖学金就是要帮助家境贫寒的学生。"

杨绛先生帮助青年人，从不显山露水，总以默默无闻的姿态和不伤害对方自尊的形式来完成。在文学所电脑室工作的一位青年女工给我讲过她和同事去见钱杨二老的情况。有一天栾贵民派他们去钱杨家取校样，没有想到有机会受到钱杨二老的接见，并听到二老的对青年人一番关心备至的话。钱杨二老关心地问他们的工作学习和生活情况。他们向钱杨二老抱怨说，电脑打字需要懂外语，外语难学，听力也差。可是杨先生循循善诱地告诫他们："多会一门外语，好比多一把金钥匙，每一把金钥匙都可以打开一座城，城里有许多好看好玩的东西，好像一个大游乐园。如果你们不懂外语就会比别人少享受很多东西。不要因为自己在学外语的某一方面困难就放弃外语，这样就太可惜了。"杨先生略加思索，接着说："我学习西班牙语，是没有老师教的。只要刻苦和努力就会学好的。"她亲切地笑了笑，他们明白，这是杨先生在鼓励他们。当时他们还不知道，杨先生年近五十时，自学西班牙文，重译了经典巨著《堂吉诃德》。

杨先生还关切地让他们多多注意身体。她说："一个人好比是一棵大树，树的根本是树根，如果树根断了，那么大树也倒了。一个人的树根就是身体健康，如果身体很健康就能做很多事，但如果身体不好，那就什么都谈不上了。所以你们要注意把身体养好。"他们听了老人这番话，看到老人的身体，真有说不尽的感激。

再讲一个我亲自领受杨老对青年人的爱护、教导、提携和各种帮助的例子。

我有个侄女，在天津和朋友开过一个小书店。有一次她来到北京，讲述她们书店的情况，还拿出几张售书时的照片给我看。她说钱杨二老的书大受欢迎，甚至常处于供不应求的状态。

后来，我的侄女给我寄来一篇不知是否发表过的短文。她写道：

"我曾经和几个喜欢书的朋友一起开办过一个小小的书店。书店靠近天津大学和南开大学附近，虽然很小，但很受欢迎，常有大学教授和莘莘学子光顾。他们认为我们小书店不媚俗，品位高，常常在书店里边观览边议论各类书和书的作者们。

"议论中的一个题目是钱先生、杨先生和他们的作品。我们小书店顾客当中，有许多是钱杨二老的崇拜者。他们对钱先生和杨先生的学识、作品和人格魅力都十分钦佩。二老的作品在我们的小小书店里总是供不应求，名副其实是畅销书。顾客在其他书店买不到的书，有时委托我们代购，我们总是想尽一切办法认真地满足他们的要求。看到顾客高兴的表情，我们感到欣慰。有一位大学生说，他去了几家大书店没能买到杨绛先生翻译的《堂吉诃德》。

"当时，《堂吉诃德》虽然有不同的译本，但杨绛先生译的那一版本却总是脱销。我们跑了几处发行所，甚至还到北京替那位大学生找过这部译作，没想到也没有买到。

"我知道我叔叔与杨绛是同事，便请他有机会将我们小书店和我们读者对二老的敬爱转告他们。如果钱先生或杨先生能为我们的小书店题句爱书的话，就更能满足顾客的心愿和我们不敢设想的奢望了。叔叔说，钱先生正住在医院里，杨先生天天要去医院陪伴钱先生。叔叔又说，他愿意把我的话转告给杨先生，但不能向杨先生提出任何请求，向老人提要求——太莽撞、太不礼貌。我当时也知道，像我们这样的小书店向钱先生与杨先生大学者提出任何请求都是不应该的，而且是过分的。我告诉叔叔，其实我说的只是心里话，哪敢异想天开。

"几天以后，我接到叔叔的信，信中抄录了杨绛先生给他写的信中的几段话，那几段话涉及为小书店题词的事。杨先生写道：'我虽然饱见作者的虚荣，但有人读我的作品，我仍然很有虚荣感，把爱我作品的读者看作知友。'她接着说我们的小书店竟把她的书'作为畅销书广为推销，我不知该怎么谢她才好！'。谈到题词时，她风趣地写道：'我的字只配写写大字报，不能写招牌。若为她写招牌，就不免自叫自卖之讥。我现在还是实在些，送几本签名的书给她的小店。我这里有的是书，都是样书，随她要什么（包括翻译）都行。''所以请你传话先代达我的谢忱，再请把她的芳名和地址给我。让我如此谢她好吗？如她不愿意，那么，等过些时，我有了精神，有了时间，再为她随便写几个字留念也行。'

"几天后，我突然收到几捆书。打开包一看，原来是杨先生的赠予，是她亲手包扎起来的。杨先生在每一本书的扉页上都用秀丽的小字签署了自己姓名，细心钤上了红色名章。在钱先生的书上没有钱先生的签名，但有钱先生的印章。朱红的印迹上覆盖了一块小白纸，以防污染了别的页。我捧着带有作者签名或钤印的珍贵的书，深深感受到老人对一个不相识的青年人的慈爱与关怀，忍不住热泪潸然而下。后来，我从叔叔处得知，杨绛先生还几次来电话问及对她给的书是否满意，并说如果需要，她还可以再给一些。

"钱先生和杨先生身为大学者，其名声响彻国内外，但谦虚谨慎，乐于助人，也不与世俗合污，不对恶势力逆来顺受，真正无私无畏，平凡而伟大。"

不管命运如何摆布，让她经受何等心灵折磨，她从不沮丧。总是亲切待人，暖似春风。

百岁老人杨绛先生虚怀若谷。脸上永远堆着微笑，话中充满妙趣。

我的笔记本上记有她的珍珠般的警句妙语，不妨披露几条以馈读者。杨绛的小说散文被译成外文，在国外和在国内一样受到读者热烈欢迎。有人赞她是著名作家，她说：

"没有这份野心。"有人说她的作品畅销，她说："那只是太阳晒在狗尾巴尖上的短暂间。"有人说得到她的一本书总要珍藏起来，她说："我的书过了几时，就只配在二折便宜书肆出售，或论斤卖。"有人向她恳求墨宝，她说："我的字只配写写大字报。"杨绛不惯于向人赠书，她认为赠书不外是让对方摆在书架上或换来几句赞美的话。有人请她出国访问，她说："我和锺书好像老红木家具，搬一搬就要散架了。"她说她最大的渴望是人们把她忘记。

杨绛的文学创作和翻译作品早已汇入中华民族的文化洪流之中，成为神州的瑰宝。

祝愿杨绛老先生更加长寿，创作继续丰收！

2010年

丁聪和他的"凶"老伴

"我的家长"——这是我国漫画大家丁聪对他无限心仪的夫人沈峻的戏谑的昵称。"凶"老伴——则是沈峻送别丁老的最后一封信中的自称。

沈峻长期被丁聪的光环遮挡在身后，甚至使人感觉不到她的存在，而她却是丁老最贴心，最得力的助手。

凡是与他们夫妇有过接触的朋友，都不难发现丁聪的一举一动都在沈峻的呵护之下。丁聪个子不高，胖胖墩墩，说话不多，干事不少。

沈峻本是一位上海小姐，她在上海读的小学、中学和复旦大学。我过去总认为上海小姐娇滴滴，说话娇声娇气，衣着时髦讲究，办事不慌不忙。可是沈峻身材高大、穿戴随便、动作敏捷、线条粗犷、声严厉色，鼻子上架一副眼镜，处理问题果断有序。我觉得她不像大家闺秀，反倒像是东北大汉，但蒙蒙中又有一种难以道明的妩媚的气质，那是内在之美、心灵之美。大学毕业后，她被分配到北京，在对外文委宣传司工作。熟人中当时上海同学丁一薇，即丁聪的妹妹，也来到了北京。北京对她来说是个陌生的地方，一薇常带着沈峻去看望自己的哥哥，于是沈峻和丁聪熟了起来。

那时丁聪已40岁，为人憨厚，极招女性喜爱，在上海、香港、四川等地社交场合有过众多交往，但却一直没有遇到意中人。正是由于当时《人民画报》负责人的撮合，这对大龄男女，时间一久，情投意合，有了感情。1957年，二人决定结婚。

丁聪名气大，友多如云，沈峻小他11岁，是位多才、能干的俊女。二人都有很高的文化修养，又有脱俗的气质，所以二人结婚决定不铺张、不麻烦亲朋好友，举行最简单的结婚仪式。丁聪花了两百元买了一张新床，沈峻带着自己的被褥，搬过去，就出现了一个新的家庭。

记得有一天，提起那段婚姻往事，沈峻颇为得意地说："那一天，我大显身手，作了饭菜，请了客人，饱吃了一顿，喜事就算办完了……"

"客人都请了谁？"我好奇地问。

她狡黠地说："冯二哥……冯亦代。"

"还有呢……"

"没有别人了，就他一个人，就这么简单？"我的脸上可能露出内心的疑惑。

"啊！只请了一位客人……就这么简单……"沈峻眉飞色舞地重复了一遍，"第二天，我们拿着一些糖果，分给同事，算是有所通知。"

我想起丁老仙逝，后事办理同样是异乎寻常的简单。这是他们为人处世的方法，是他们的人生观、世界观。他们有抗衡世俗的精神力量，也有除旧革新的胆略。他们就是不走俗套的路。

新婚的日子开始了，生活朴朴实实，甜甜蜜蜜，刚刚过了一年，反右运动骤起。心直口快的丁聪说了几句话竟成了"反党言论"，被视为大逆不道，一顶右派的帽子莫名其妙地被扣在头上。

沈峻正在孕期，丁聪将被发配到遥远的北大荒去劳改。临行前他只能在医院育婴室隔着玻璃窗户看一眼妻子和初生的婴儿。

在艰苦的条件下，沈峻顶着巨大的精神压力，一面带着婴儿，一面勤勤恳恳地工作，写宣传材料，艰难地活了下来。

三年的劳动改造终于结束，丁聪回到北京，没有工作，挤在一个大杂院里，靠沈峻的工资生存。那时，他画了几幅生活小景:大杂院、妻子、儿子,如今这几幅画都成了难得的历史记录。

有人介绍他到国际书店推广科画广告。过了一年,落实知识分子政策,把他又安排到美术馆。没想到大祸再次从天而降,消灭一切文化成就的"文革"开始,似乎已被世人遗忘的丁聪又成为"漫画界权威",检讨、挨批、挨斗、游街、住牛棚……再次被打入十八层地狱。沈峻无怨无悔地守护在他身边,在无形中给予了他活下去的勇气与温暖,这是何其不易啊!

"文革"结束了,丁聪拿起画笔来又开始作画,虽然

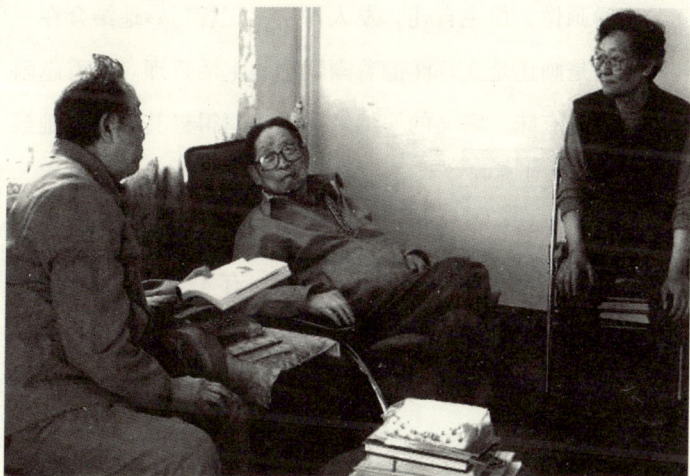

高莽拜访丁聪夫妇

思维有些迟钝、线条有些生疏，但他不停地画。他画了一些人物肖像，沈峻悉心收集并于20世纪90年代，将他的画像编成集子出版，书名为《我画你写》，书中共有81位我国文化界人士的漫画肖像。漫画肖像集从构思、选材到编辑出版和发行，都是沈峻一手操办，丁聪不愿过问。最初，丁聪认为是"抓个虱子放在头上，自找麻烦"。需要编写最简明的文字，而且还得精彩，幽默。当该书在社会上引起强烈的反响，很多人打电话向丁聪表示祝贺时，他还蒙在鼓里，感到莫名其妙，不知所云。一问夫人，恍然大悟。原来是夫人为他编的，不过她没有用本名，而是用了一个笔名"宗文"。

丁聪画像，像主自述，友人评论，三者巧妙地结合在一起。无论是画还是文都洋溢着幽默感和生活哲理。越看越耐看，越品越有味。宗文的"编者的话"写得极其精彩，她最后竟情不自禁地高呼"友情万岁！"。

沈峻是位资深的老编辑，正因为如此，她才能把这本画集编得有声有色，有滋有味，有胆识、有才气、有真情，别具一格。她在编书领域开辟了一条为广大读者喜闻乐见的路子。萧乾看到这本画册时，控制不住赞美之词，说："我国应当设个编辑奖，而这本画就应该荣获此奖！"

沈峻对丁聪的关怀体贴不是在口头上，而是在行动中。

那时我们经常在昌运宫邮局相遇。每次她都是为了给丁聪跑腿，回信、寄稿子等等。

记得，有一年丁聪手术后在家里养病。他患有糖尿病，不能吃甜食，可又爱吃凉的和甜的。那时只有东单有一家食品店供应无糖冰激凌。正值酷暑季节，年近七十的沈峻天天骑自行车从西北角到东城，顶着太阳，流着大汗，只为了给丁聪购买几盒无糖冰激凌。

"你太辛苦了。"我真情地说。

"为了丁聪，我什么都可以做……"她说得很随便。

沈峻不仅关怀丁聪，她也关心朋友。

记得我们是邻居时，她经常打电话给我："高莽，来取油和大米吧！"这是他们机关发给他们的食品，分一份给我家。她总说："我们只有两个人，吃不了那么多东西。"

如今，丁老走了，沈峻同样以不同凡响的形式送走了相濡以沫半个世纪的丈夫。尊重丁老的遗愿，家中不设灵堂，外边不举办追悼会，不修墓，不立碑，也不留骨灰。但她给他写了一封感情融融的信，装在衣袋里让他随身带走。心中亲切地呼他为"小丁老头"，说"我推了你一辈子""也算尽到我的职责了。现在我已不能再往前送你了，只能靠你自己了，希望你一路走好。""我给你带上两个孙子给你画的

送婴图（漫画，高莽画）

画和一支毛笔，几张纸，我想你会喜欢的""另外，还给你
准备了一袋花生，几块巧克力和咖啡，供你路上慢慢享用。
巧克力和咖啡都是真糖的，现在你不必顾虑什么糖尿病了，
放开胆吃吧。"沈峻在丁聪遗体旁放了一束小花，"这朵小
花是我献给你的……有首流行歌曲叫《月亮代表我的心》，
这朵小花则代表我的魂。""你不会寂寞的，那边已有很多
好朋友等着你呢，我也不会寂寞的，因为这里也有很多你的
好朋友和热爱你的读者在陪伴着我。""再说，我们也会很

快见面的，请一定等着我。"落款是"永远永远惦记你的'凶'老伴沈峻。09.5.26"。

　　"凶"老伴！多么可怕又多么亲昵的字眼呀！只有心连心的人才能如此坦诚，只有懂得生活乐趣的人才能如此深爱。

2011年

我一直在等他的电话

——忆作曲家刘炽（1921—1998）

我一直在等他的电话，我知道他不会打来了，但我要等……

那天他赠给我一本《刘炽歌曲选》，对书中的每一个错字、错印的音符都亲手做了改正。我说我为他画了一幅漫画，他说，他要在漫画像上题一段有趣味的词，等他从外地回来后，再给我打电话联系。

我一直在等他的电话。

我和刘炽相识于1946年，在松花江畔。当时我20岁，是个土生土长的、长期受奴化教育摧残的稚嫩的哈尔滨小青年。刘炽是刚从延安来的干部，到了这座欧化城市便成了艺坛上非常活跃的分子。他比我年长5岁，由于我们对艺术有共同的爱好，而且对陌生的俄苏文艺有极大的新鲜感，常在一起交谈，很快便熟识了。

哈尔滨是我国解放最早的大城市，外国文化在那里影响深厚。苏联红军一度进驻，苏联高亢激昂的、悠扬抒情的、幽默风趣的歌曲备受欢迎。我那时在中苏友好协会工作，开始翻译俄苏文学作品，也翻译了一些苏联歌词。刘炽把译词填进了原曲中，并由专业与业余合唱团在各种场合演唱。

我记得最受欢迎的是一部大合唱，苏尔科夫作词，亚历山大罗夫作曲的《斯大林颂》。那首大合唱雄浑激越，震撼人心。刘炽对那首歌的译配也很满意，亲自指挥过演唱。当时那种热烈的场面，我现在似乎仍然还能感受到。

我们在一起时间多了，无所不谈，友情也加深了。我像听故事般听他讲自己苦难的童年。他是陕西人，小时候家里很穷，只念过几年小学，然后在西安一家印刷厂铸字车间当童工。他自幼喜欢音乐，从师民间艺人，很早显示出他的艺术才华，还在民间吹打乐班当了一名小演员。

后来投奔革命圣地延安，延安建立鲁迅艺术学院之后，他进入音乐系学习，几次受到冼星海老师对他的音乐作曲的表扬。

小小的刘炽在延安成了文艺界的活跃分子，唱歌、扭秧歌，无所不会，各种乐器样样敢碰。他是个有名的红小鬼，美国女记者海伦·福斯特·斯诺在她的中国苏区访问记中还提过他的表演与才华，称赞他是"少年天才"，是

刘炽漫画像（高莽画，1998年）

"最受欢迎的童星"。

刘炽因为年级低，个头矮，干什么都被安排在第一排。有一次听毛主席讲哲学课，他坐在前排，什么黑格尔、费尔巴哈，听不懂，睡着了。毛主席不让叫醒他，讲完课之后，毛主席走到他跟前，温和地托起刘炽的下巴，劝他以后晚上好好睡觉。

延安文艺座谈会之后，他一心搜集民间歌曲、学习民歌演唱，在音乐创作中进行革命化、民族化和群众化的探索。

他聪明又刻苦。1942年他写成《七月里在边区》，具有典型的陕北民歌风格，新颖、乐观、充满幽默感，当时是新秧歌运动中最受欢迎的节目之一。1943年创作的《胜利歌舞》强烈而欢快的节奏，唱出振奋人心的心声。

抗日战争胜利后，刘炽来到了东北。他在哈尔滨市各种晚会上是个不可缺少的人物。只要舞台上有活动，他就是舞台上的主角。他很快就创作了富有东北民间色彩的歌曲。接触过刘炽的人，都能发现他的艺术才华。大家都说："凡是能作响的东西，刘炽都能敲出调调来；凡是有眼儿的东西，刘炽都能吹出曲子来。"这像是戏语，其实是由衷的赞美。

1946年哈尔滨解放后盛行演唱苏联歌曲，刘炽对研究和学习苏联歌曲兴趣极浓，我总觉得他的那些雄伟的大合唱多少受到苏联音乐的影响。

我们在一起时常常梦游苏联，向往那第一个社会主义国家。我们对苏联的爱来源于俄苏优美的歌曲、绘画与文学。

"文革"期间，听说他下放到农村，但没有停止歌曲创作。"文革"后，他回到北京，在煤炭文工团工作，住在和平里，和我相距几条街，我们又常见面了。

　　我们在一起谈几十年的变迁，谈艺术发展的道路，谈苏联文学与艺术的经验与教训。经过风吹雨打，他像山西那棵老槐树没有被雷雨劈倒，反而显得更葱郁更苍劲。有些严肃的事，他讲得轻轻松松，随随便便。他的话和几十年前一样，总能使我受到教益与启发。

　　当时，处处都能听到人们在演唱刘炽的歌。他的大型作品气势磅礴，豪情奔放。他的抒情歌曲，委婉悦耳，动人心弦，富有民族色彩和自己的独特风格。他善于用曲调表达人民的心情与感受，记录下一个时代。他已成了新中国群众歌曲杰出的经典音乐家。全国都在传唱他的歌，《我的祖国》《新疆好》《翻身道情》《让我们荡起双桨》……这些歌的曲调与旋律已获得了永生的力量，但唱者不一定知道它的作曲者是刘炽，我认为这是这位音乐家值得骄傲的地方。

　　刘炽一直保持着旺盛的活力。他创作了80来部大型音乐作品和1000多首流行歌曲。

　　我问刘炽："你的生活秘诀是什么？"

　　他戏谑地说："八个字：没肝没肺，能吃能睡。"我不知道他的话是否应该纪录下来。

　　我又问刘炽："你的生活格言是什么？"他毫不迟疑地回答道："在创作与为人两方面都不要失掉自己。"

刘炽在音乐海洋中像喷泉的鲸鱼，别有特色。他是否想到有朝一日他的歌会传遍世界，我不知道。但俄罗斯在克里姆林宫剧场为新中国50周年举行盛大的庆祝音乐会上，张也情意浓浓地演唱他那纯粹中国情调的《一条大河》时，他的歌博得俄罗斯人民热烈的掌声，这是不可否认的事实。这是俄罗斯人对中国新音乐的钦佩与称赞，他虽然没能访问苏联，但他的歌会响彻了莫斯科的天空。

他突然离开了这个世界，可是我一直在等他的电话。

1998年

苦海泅渡砚边乐

——记鲁光

鲁光赠给我一本《写画人生》。厚厚的，沉甸甸的，700来面，足有一斤多重。他在扉页上题了几句话，最后五个字是"可存而不读"。

写画人生的书，岂能不读？特别是鲁光写画的人生，我更不能不读。我是那么想真正理解人生，而总是扑朔迷离，深入不下去。

我早就是鲁光报告文学作品的热心读者了，那时我还不认识他。他笔下涉及的是群众关心的焦点大事，是不同领域的俊杰精英。通过他的文字，可以了解事物的精髓。

记得1981年，从电台和报刊上得知我国女排经过激烈的鏖战，击败劲敌，夺得世界冠军的振奋人心的消息时，每个中国人的眼睛里几乎都涌出了喜悦的泪水。我们那时是那样想知道更多的详情，更多的细节。正在此时，鲁光的长篇纪实文学作品《中国姑娘》面世。读后，我不仅知道了中国姑娘经过怎样的艰苦拼搏赢得了历史性的辉煌胜利，而且还感受到她们是怎样经过长期训练，付出种种个人牺牲，实现了人民对她们的期盼。我还知道了一大批站在中国姑娘的背后为她们的成功而献出一切的无名英雄们。所有这一切，是借助鲁光的眼睛看到了不为一般人所能见到的内核，看到了她们丰富的多彩的精神世界、她们璀璨的心灵。

鲁光长期担任《中国体育报》和中国体育出版社的领导职务，事务工作堆积如山，又多又复杂。可是鲁光这位身材不高，体壮如牛的汉子，喜欢挑重担，不仅把难办的事务处理得井井有条，而且还能挤出时间来进行写作。采访体育界是他的本业也是他的专长。他和他笔下的体育健儿们长期生活在一起。在体育场上，在训练基地，摸爬滚打，朝夕共处。他熟悉他们每一个人的脾性与爱好，他们的喜怒哀乐，甚至不肯对外人表露的爱情生活，所以他把他们写得有血有肉，有喜有忧，栩栩如生，亲切感人。他不仅写出了性格鲜明的个人，而且写出了群体，写出了他们周围的人，他们的教练，他们成长的环境。没有这些，胜利是可望而不可及的。是鲁光使我们和中国运动员们的心联结在一起。他的作品不虚不假，不轻不飘，纯朴真实。

我和鲁光晤面前已经相识，可谓神交久矣。20世纪90年代初，贡岩编了一本《作家的画梦》，有文有画，书中把我们二人也收了进去。那时看到他的绘画作品，大写意的花鸟、水牛，笔墨挥洒，无拘无束，让人叹服。读了他的《砚边乐》一文，对他从事绘画有了更多的了解。他起步虽晚，但那时他已是成熟的作家，有完整的审美观点，在理论上也有充分的准备。他拜师李苦禅，崔子范这些绘画大师，在美术界又广交艺坛高手，问师访友，大胆实践，使他脱颖而出，这说明他的修养深，起点高。他说，自从沉醉于丹青之后，在墨池苦海中不知熬过多少不眠之夜。有一次他告诉我，清晨六点多钟，当他妻子走进到他的屋里，发现地上已铺了一些墨迹未干的画幅时，便戏谑地说："像你这么用功，傻子也能成画家。"

鲁光的绘画创作如同文学创作一样，确实有股傻劲。没有这股傻劲的人，焉有成功的可能？他还有一股闯劲，他知道艺术没有自己的个性就等于没有存在的必要，他敢于闯过任何清规戒律，深信"学我者生"这一师教。

鲁光尊重良师益友，听从他们的教诲，从他们的成就中汲取营养，继而，他勇敢地为自己开辟新路。他的导师崔子范给他题过三个字："砚边乐"，是诱导是鼓励也是鞭策。

鲁光的绘画创作还有一个突出特点，那就是文画结合。通过这种结合，他营造了一片新天地。画上的题词加深了画的哲理内含并丰富了画的思想内容。

我耳边常常响起鲁光的话，那些话像警句像誓言，使我常常吟诵。

"向每一天挑战！"这是他的座右铭，是挂在他的书案墙头上的一句话。我知道鲁光这个人是讲话算数的。他决不会用豪言壮语装点门面，而是用此话激励自己。他主张"宁可忙死，不可闲死"。这又是一句前进者的箴言，为此需要用意志和毅力去战胜自己的贪图清福的惰性。

那天，我们面对面地坐在一起，敞开思想神聊。听他讲话好像观看外科医生在解剖人体，解剖自己也解剖他人。他对自己手下无情，对艺术绝对真情。

我忽然觉得面对的正是他笔下的那苦耕不休的水牛。他瞪着牛一般的明亮的大眼睛望着我，喘着粗气，拉着犁，一步步走入我的心田。

他有很多话都留在我的脑海里，我不时地琢磨他发自肺腑的一句话："艺术啊，你真是一个浩瀚无边的苦海！我这个泅渡者，虽然常常游得精疲力竭，但仍然喜欢在这个苦海中往前游动。"

我盯着鲁光深深的脚印，跟随在他身后，往前走，往前走……

2000年春节

走进普希金的世界

——俄罗斯纪念普希金诞辰200周年散记

1999年5月28日我才收到俄罗斯联邦驻华大使馆公使衔参赞罗日科夫转给我的紧急邀请函，函中写道："俄罗斯联邦全国纪念普希金诞辰200周年委员会谨此邀请高莽教授（北京市）与郑体武教授（上海市）于今年6月1日至10日出席在莫斯科举行的纪念活动。"当时距开会只剩下几天时间，一切出国手续待办，我不知道是否能够成行。

多谢中俄友好协会陈昊苏副会长和各位同志的积极关注，使我在短期内办完了所有的出国手续。俄使馆热心的库利科娃参赞协助，办理了签证，而且是加急免费。她还建议我把自己画的13幅普希金组画也带到莫斯科去。用所剩无几的时间收拾了一下行装，我于6月1日中午便上了飞机。中俄友好协会秘书长钮英丽和俄中友好协会副会长库利科娃为我送行。

我搭乘的是俄方飞机。俄方安排我乘坐俄航头等舱，说明他们对此行的重视。在飞机上，我开始准备发言稿。虽然俄方没有提到这一项目，但还是应当做到有备无患。我沉入到普希金与中国的关系中。人在工作时时间过得可真快，扩音器中传出声音说：飞机已到了莫斯科的上空。

8000公里的空中路程，8 小时便完成了。莫斯科实行的是夏令时，与北京相差4个小时。飞机起飞时延误了两个小时，到达舍列梅捷沃2号机场时，莫斯科是下午6时。

我驻俄使馆文化参赞贾富云和潘力同志、郑体武教授和俄作家协会外委会主任巴维金前来迎接。为了申报随身携带的13幅画，费了不少时间。海关在每幅画的照片上加了印，签了字，并提醒我出境时要出示这些照片。

节日的莫斯科

在机场得知纪念委员会邀请的外国客人接待时间是6月4日至 6月8日，我反而来早了。经过一番商量，决定先住进我使馆招待所。郑体武在莫斯科参加各项活动已半个月了，他住在"联盟"旅馆，距我使馆很近。巴维金的家也在毗邻。

当天晚上，郑体武和巴维金便来找我，邀我一起看看夜晚的莫斯科。

从机场进入市区的路上我已多少领略了俄京的风光，最强烈的感受是这里的空气异常清新。公路两旁树木成荫，到处是草坪，蒲公英正在开放，金灿灿一片。粉刷一新的楼房显得格外美丽。路灯柱上悬挂着普希金的画像，迎面跨街的横幅上是诗人对莫斯科的赞语："莫斯科！我是多么爱你——我神圣的家乡……"

夜晚的莫斯科呈现出另外一种美。虽然已是晚上11时，但夜空并不黑。大街小巷，灯火辉煌。街上行人几乎和白天一样多，聚光灯把纪念普希金的宣传画照得越加耀眼。

纪念这位伟大诗人的节日气氛笼罩着整个城市。如今我们二人，从遥远的中国，一个从长城脚下，一个从长江之滨，带着中国人民的深情厚谊，来到普希金的祖国，来祝贺诗人的200周年诞辰。

普希金是俄罗斯19世纪先进思想的代表，是新文学的创始人，为后来俄罗斯文学艺术奠定了蓬勃发展的坚实基础。诗歌、小说、戏剧、评论——普希金无不涉猎，观点超前，独辟蹊径，成果辉煌。他在俄国的地位无人可以代替。今天，俄罗斯人亲切地重复前人对普希金的赞语，说他是他们的"首爱"，是他们的"一切"。所谓"首爱"即第一爱，最纯洁神圣的爱，爱之顶，爱之极；而"一切"，则意味着在他的身上，在他的作品中，包含了俄罗斯人民所具有的和向往的一切。

俄罗斯政府和人民把1999年视为全民纪念普希金的节日。

早在1995年，俄罗斯就成立了国家纪念普希金诞辰200周年基金委员会。成员中除本国政界与社会名流、文化界代表人物之外，还有国际上的知名人士。俄联邦政府还成立了以切尔诺梅尔金总理为首的国家纪念活动筹备委员会，设立了以李哈乔夫院士为首的"波尔金诺之秋"新文学奖金评委会，等等。由于政府人员更换频繁，我们来时国家委员会的主任已是新的总理斯捷帕申了。

俄罗斯政府以全国委员会的名义举办的纪念活动共两次：

第一次是6月5日上午10时，在普希金纪念碑前的广场上，正式宣布全国各种纪念活动隆重开幕；第二次是当天晚上，在国家大剧院。

另外，莫斯科市政府也安排了两次盛大的纪念活动，即6月6日在克里姆林宫的宴会和同一天夜里在红场上的大型露天音乐会。

隆重的开幕式

1999年6月5日。天气晴朗。星期六。假日加节日。

莫斯科市普希金广场人山人海，大家都来参加庆祝伟大诗人诞辰200周年各种活动的总开幕式的隆重仪式。

面对普希金纪念碑的空地上搭起一座主席台与两个观礼台。主席台上有遮阳篷，左右两边的观礼台则暴露在阳光之下。

普希金纪念碑和观礼台中间隔着特维尔大街，现在用50多公尺长的一条红地毯将它们连接起来。特维尔大街也临时从两端隔断，形成一个相当大的广场。这儿就是举行纪念活动开幕式的大会场。

主席台上是政府首脑与各部委等单位的领导，右边观礼台上以外国贵宾为主。每个座位上放了一本《我的莫斯科》杂志纪念普希金专号，服务人员端着各种饮料招待客人。

10时整，广场上响起钟声。伴着钟声传来一个声音：200年前，即1799年6月6日，亚历山大·普希金在莫斯科诞生了。

市长卢日科夫宣布纪念普希金诞辰200周年大会隆重开始。他的声音通过广播传遍全市，传遍全国。他说：这个纪念会对所有俄罗斯人极为重要，"我们一次又一次回顾亚·谢·普希金的生平，回顾他的创作，深感他不仅仅是他那个时代的伟大儿子，同时也是我们的同时代人。而且永远会是如此。"他的声音很激动，"只要世界上还有一个俄罗斯人存在，只要宇宙间还有一个文明人存在，那么普希金就会和我们在一起。"

　　卢日科夫谈到普希金如何热爱莫斯科。他又说，普希金在作品中所涉及的人民生活、社会问题，形成俄罗斯光荣的一切，对于生活在21世纪门坎前的我们仍然具有重大意义。

　　我想，身为市长的卢日科夫的话里含义较多。普希金当年所关心的问题，200年后仍然存在，而且有的还尖锐地摆在众人面前亟待解决。

　　继卢日科夫之后，斯捷帕申讲了话。这位上任不到一个月的新总理望着广场对面的普希金纪念碑，沉吟片刻之后，才开了口："我怎么也想不通，他已经200岁了！"显然他不是在读讲演稿，而是把心中的感受讲出了声。他说："我们每个人有自己的普希金，每个人在他的作品中可以找到与自己的心声、自己的时代相协调的诗句。"然后他背诵道：

> 俄罗斯是否还强盛？战争、流行病，
>
> 还有暴动和国外的逼攻，
>
> 丧心病狂地震荡得它不得安宁——
>
> 你们看看吧，它仍然岿然不动！

　　普希金的诗句表达了这位在祖国困难时刻担起总理重任的人的思虑与希望，他的声音里充满感情。

　　会上，宣读了莫斯科市和全俄大牧首阿列克西二世的贺词。贺词说："普希金的诗至今仍然鼓舞我们走向充满爱与真的生活。"

　　之后是文艺界和科学界代表发言。首先致词的是诗人科斯特罗夫，他朗诵了自己献给普希金的诗。继之是小剧院院长、人民演员索洛敏和俄罗斯科学院院士韦里霍夫致词。大家的讲话表达了一个共同的思想：普希金就是俄罗斯的象征，普希金最充分地体现了俄罗斯民族性格和精神力量，也就是说，普希金是俄罗斯人民的一切。

　　开幕式进行了一个小时。

　　市长邀请大家到纪念碑前去献花。

　　主席台和观礼台上的人沿着红地毯向纪念碑走去，乐声高奏。与此同时，一大批身着古代盛装的男女在红地毯两边的空地上，在斯维里多夫的优美的华尔兹舞曲声中，翩翩起舞，他们表演的是18世纪的宫殿舞、民间舞。气氛异常热烈，围观者不时报以热烈的掌声。

　　我们走下观礼台，和客人们一起走向纪念碑，没有鲜花的人们顺手从红地毯两旁的花篮里抽出一两枝鲜花带在身边。

　　普希金纪念碑周围的花岗岩台上渐渐摆满了鲜花。

　　我将一枝红色的石竹花轻轻地放在碑前，默默地对这位永生的诗人说：中国人民把你看成是俄罗斯的文化伟人，同时又是我们的同时代人，我们同样隆重地纪念了你的诞辰。我们这次来访一是表示由衷的祝贺，二是向俄罗斯人介绍中国人民对你的爱。在以后的活动中，只要有机会，我们都努力完成我们的使命。

我扬起头来，普希金一动不动地站在碑座上，望着我们，我仿佛听到了他在说：

> 我之所以永远能为人民敬爱
>
> 是因为我曾用诗歌唤起人们善良的感情。

纪念碑左前方摆着一张桌子，桌上放着一个巨大的纪念册。两位青年军人守在桌旁，请来宾题词签名。第一个在纪念册上题词的是总理斯捷帕申，他写道："亚历山大·谢尔盖耶维奇，祝贺你的生日！我们和你在一起！"

纪念碑前集聚的人越来越多，谁也舍不得离去，被阻拦在活动范围外的群众也开始向里钻。献花的人、留言的人、摄影的人、现场采访的记者等等都混成一团。井然的秩序，渐渐被挤乱了。我真不敢想象，持续两天的签名活动，会变成怎样的场面。

据媒体报道全市有25个大的纪念普希金表演场地正式启用。特维尔大街上游人如潮,乐声飞扬;马涅日广场青年男女穿着盛装在跳舞;捷尔仁斯基广场上的大雕像没有了,那里树立起一个巨大俄罗斯勇士头型,这是普希金童话中的人物,成了少年儿童尽情戏耍的地方……纪念活动成了狂欢节。

大剧院纪念会

俄罗斯人把上剧场看演出视为一种节日活动,不管男女老少,总是衣冠楚楚,盛装打扮,更何况今天是去著名的大剧院出席普希金的纪念会呢!

我们这些外宾每人收到一张请柬。请柬不大,但设计考究,印刷精美。淡蓝色的封面中间,从上自下是一条深蓝色的宽条,上端白色圆圈里印着棕色的普希金侧面自画像,画像下边是镂空的白色花体字:"亚·谢·普希金 200周年诞辰纪念晚会",底端印有大剧院正门照片。请柬背面下端是个很小的装饰画:一管羽毛笔,上边同样是"普希金诞辰 200周年"几行字。

为了防伪,请柬封二贴有银铂国徽。很多人都想得到出席这场晚会的请柬,但大剧院座位毕竟有限。

那天,天气虽然很热,我还是和其他男嘉宾一样,穿了一身黑西装，白衬衫上结了一条暗红色领带。

我们的车在离大剧院不远的街口上停住，再往前走就有警察维持秩序了。穿过围起来的空场，我们走向大剧院，登上台阶，进门验票，每人得到一份节目单。

节目单是大开本，封面图案与请柬基本一致，可以配成一套，设计人员是用过一番苦心的。文艺节目采用普希金的诗句为主题："迷人的幸运星辰……"

大剧院金碧辉煌，座无虚席。

我们这些外国客人的座位比较分散，我的位子在左侧二层7号包厢，和我毗邻的是韩国的嘉宾金根植。

7时整，舞台亮了，舞台的一角有一张圆桌和几把椅子。有几个人登上舞台，坐在那里，如同主席台。

俄罗斯国立大剧院乐队在马克·艾尔梅尔指挥下先后演奏了格林卡、柴可夫斯基和斯维里多夫的乐曲。乐曲即将结束时，舞台大屏幕上映出利恰乔夫院士的形象。这位年过九旬，备受各界人士推崇的老文艺学家、古俄罗斯文学和文化研究权威向大家谈到今人应当如何看待普希金的遗产，谈到果戈理等作家对普希金的评价，谈到普希金为人的道德力量。他的讲话完了，接着便是文艺演出。

文艺节目多姿多彩，艺术水平很高。演出了里姆斯基·科萨科夫根据普希金的《金鸡》谱写的歌剧中的"游行"一幕；穆索尔斯基根据《鲍里斯·戈东诺夫》谱写的歌剧中的一幕；柴可夫斯基根据《黑桃皇后》谱写的歌剧中"赌场"一幕；阿萨菲耶夫根据《巴赫奇萨拉伊泪泉》谱写的一段舞曲；达尔戈梅斯基根据普希金的作品谱写的三重唱《为梅丽干杯》等。19世纪俄罗斯最杰出的一些作曲家都为普希金的作品谱写过乐曲或改编成歌剧与舞剧，说明诗人作品为俄罗斯歌舞剧创作提供了宝贵的素材，促进了俄罗斯民族音乐的发展。

大段表演中间穿插着一些朗诵节目：《旷野上播种自由的人……》《致友人们……》《预言家》《囚徒》《不管我们视线射向何方……》《夜莺》《酒神之歌》《献给巴赫奇萨拉伊泪泉》《自由》《我的姓名对你有何用？》《我曾经爱过你……》《我的朋友们，我们的联盟多么美好！》《曾经有过这么一个时刻》《我们心中还燃烧自由……》等。男女表演家们或浑厚或温柔，或昂扬或抒情的声音，把听众的精神带进一个美妙的普希金世界，去感受诗中倾诉的爱与恨，梦幻与期望。

纪念会以里亚朵夫的欢快的波洛涅兹舞曲结束，可是我还沉浸在普希金的时代、普希金的感情世界里，耳旁响着普希金的诗句：

> ……我从坟墓中的梦中醒来，
>
> 悄悄地站起，坐到你们中间，
>
> 自己听得入迷，饮下你们的泪……
>
> 也许，那时，我会得到爱的安慰……

　　大剧院的灯光同时亮了，我走出包厢。在整个演出过程中，我有时觉得普希金似乎来到了今天的舞台上，来到了这个剧院里，来到了这些人当中。我几次回过头来，心想，这位皮肤黝黑，头发卷曲，目光如火的普希金也许突然会带着手杖出现在我们的包厢里。下楼时，我不慎摔了一跤，滚了几级台阶，所幸没有撞上别人，也没有伤到自己。脑子走神了，更可能是我的黑皮鞋作怪。突然一个人俯身伸手把我扶了起来，我抬起头来表示感谢，弄得我一下愣住了，这不是普希金吗？黝黑的面孔，闪亮的目光，蓬松的卷发和连鬓胡须。后来，我遇到不少同样装束打扮的人，他们以此形象来纪念普希金。

　　剧院大门口几个服务人员向离去的人们发放材料，是为纪念会印的专刊。我草草地翻阅了一下，有一篇文章是切尔诺梅尔金撰写的，他当时是政府总理，是普希金诞辰200周年国家委员会的第一任主任委员。看来他是认真抓过纪念普希金事宜的，可是不久他被总统撤了职，换上了基里延科。基里延科是否过问过普希金纪念活动，不得而知，他在总理的位置上停留的时间只有几个月。后来普里马科夫上任，又被突然撤职。新的总理斯捷帕申兼任纪念活动的主任委员，他可来得及抓这件事？全国纪念委员会主任委员的频繁更换，必然会影响国家委员会工作的一贯性，也许正因为如此，俄方接待工作中的缺陷与混乱才不可避免。

克里姆林宫宴会

莫斯科市杜马和莫斯科市政府在克里姆林宫举办了一次纪念普希金诞辰200周年盛大招待会，时间是1999年6月6日晚7时。请柬上注明："从特罗依茨门入宫。请柬在出示个人身份证时有效。"

二十几位外国嘉宾按时坐上全国委员会专为我们安排的大轿车，在市中心转了几个弯，来到克里姆林宫特罗依茨门口。

进了大门以后，是一段卵石路。每个门口都有检验人员，到了最后一个门口时，阿根廷的女宾莉莉忽然发现自己的护照留在旅馆里。怎么办？她没有护照，请柬无效，她被拒之门外。她是普希金家族的后代，这次是为她的先祖普希金举行的活动，她又是从遥远的南美赶来。我们这些客人都为她焦急，都愿为她作证，可是警卫铁面无私，照章办事。经过长时间的交涉，最后总算同意她进去了，可是她的情绪已经大大受到挫伤。

克里姆林宫会议大楼，电动扶梯折了几层把客人们送上宴会厅外厅。

外厅站着几个身穿贵族家庭成员服装的人，请每位来宾抽一张扑克牌，其实那是按普希金的诗剧《黑桃皇后》安排

纪念普希金诞辰200周年宴会

的节目单，同时又作为抽签的游戏。扑克牌很大，背面印有普希金的自画像和他的一节诗句，代替占卜命运的签语。我抽的是红方块 7，签语是：

> 我的朋友，上帝会帮助你，
>
> 你在日常生活中或在皇室当差，
>
> 或开怀畅饮于友好席间，
>
> 都会尝到甜美的神秘的爱！

宴会厅很大，四周是栏杆围起来的走廊。舞台面对正门，舞台上的布景与普希金有关。大厅的圆柱上挂着很多人物肖像，是普希金的亲友，还有他们赞美普希金的话。

几十条餐桌上摆满各种食品与饮料，服务人员头戴白色假发，身穿 19 世纪宫廷侍从银白闪光的燕尾服，端着盘子穿行在人群之间，提示客人菜肴是按 19 世纪的烹调方法做的。

宴会前，市长卢日科夫上台讲了一段话。两天来，我已是第三次听他讲话了。卢日科夫身材不高，秃顶，动作敏捷，讲话声音很有底气，词句干净利落。他讲到普希金与莫斯科的关系，自己对普希金的理解，纪念普希金的现实意义，最后他提议："为诞生了普希金的莫斯科干杯！"卢日科夫只要讲话总离不开莫斯科这几个字。

　　一位黑发女郎走到舞台中间，开始报幕。她不仅宣布演出节目，而且自己也参加朗诵和舞蹈表演。我走到前台细细看了一眼，怎么看怎么觉得像是亚洲人。后来听说她是韩国人，姓崔，名叫阿尼塔，在俄罗斯长大，丈夫是市长身边的人物。

　　这一天的表演与大剧院的表演有所不同，以轻松的现代歌舞为主。参加演出的单位有俄罗斯联邦总统乐队、小白桦舞蹈团、俄罗斯民间舞蹈团以及一些现代歌舞团体。最欢快的可能就是普希金喜欢的茨冈歌舞了，茨冈演员们艳丽的服装，豪迈的动作，嘹亮的歌声和手鼓声，把宴会厅的气氛引向高潮。

　　在那天招待会上，我和几位外国客人随便谈到感想，说："今天是纪念普希金，但在这儿遇见的文学家屈指可数，更没有见到几位诗人。"保加利亚老诗人列夫切夫风趣地说："我见到了诗人……沃兹涅先斯基……"他停了一会儿，狡黠地眨了眨眼睛，盯着我们，等待反响。看到我们都有些漠然，便加了一句解释："但不是在这儿……而是在他家里。"大家不由得笑了。

　　有的外宾说他今天见到的主要是杜马的代表们和党派

的领导人们，好像这是政治家们的聚会而不是文学家们的纪念会。有人说见到了世界文学研究所所长费·库兹涅佐夫，有人见到了圣彼得堡普希金之家的领导斯卡托夫，有人见到了诗人科斯特罗夫，还有人见到了市长的宠儿雕刻家朱拉勃·采列捷利。大家见到的文艺界人士就这么几位。俄罗斯那么多文学家、艺术家，他们为什么没有来？或者没有被邀请？或者他们参加其他地方的活动了？有人说，很多诗人去了彼得堡，参加那儿举行的诗人集会了。

走出克里姆林宫时，虽然已经是晚9时许，但天色还很亮。走在卵石路上忽然听到一声呼叫，我迅速转过头去，以为大概又是莉莉出了什么事，原来是一位穿高跟鞋妇女的细后跟扎进石缝里拔不出来了。

红场上的演出

当天夜晚，继克里姆林宫宴会之后，莫斯科市杜马与莫斯科市政府联合在红场上还举办了"俄罗斯金嗓子歌唱普希金"大型露天晚会。

几天以前，当我们路过红场时，看到在克里姆林宫救世主塔楼旁，升天瓦西里大教堂前，有一架起重机在运转。晚会当天我才发现，那架起重机吊着一个巨大的金色的桂叶花环。花环中间是普希金的签名，花环下边是搭起来的临时大舞台。整个晚会节目就在那个舞台上演出，观众席是由上千把椅子排成的几十个方块阵。

已是夜间时刻，但莫斯科的夏空还没有全黑，还可以看得清塔楼上的大钟，大钟上的金色表针。

我的请帖上注明的位子是在第一区，没有排数，没有座位号码。我在第一排找到了一个空位，左右两侧是两位年轻的俄罗斯人。

演出单位都是全国领先艺术团体，有莫斯科国立模范大剧院、彼得堡马林剧院、莫斯科古典舞蹈团、莫斯科室内合唱团、"新歌剧"剧院等。

克里姆林宫大钟敲响了十下，舞台上灯光同时点亮，似乎比白昼还亮。观众席间顿时鸦雀无声，演出开始。

这天夜晚，和前几天一样，我和莫斯科市民们一起完全沉浸在普希金的世界中。晚会上又一次欣赏了与普希金有关的音乐舞蹈作品：

纪念普希金诞辰200周年红场之夜

格林卡的歌剧《鲁斯兰和柳德米拉》中的合唱与舞蹈；

里姆斯基·科萨科夫的歌剧《金鸡》中的咏叹调；

达戈格梅斯基的歌剧《石客》中的独唱；

穆索尔斯基的歌剧《鲍里斯·戈东诺夫》的序曲。

柴可夫斯基的作品共有六段，其中有歌剧《玛捷帕》《叶甫盖尼·奥涅金》和《黑桃皇后》中的独唱与合唱。

演出团体是俄罗斯一流的，演员都是获有荣誉头衔的表演艺术家，演出水平上乘。那天，西班牙歌唱家多明戈的表演给晚会增加了异样的色彩。这位世界级一流的歌唱家用俄语演唱的是《黑桃皇后》中盖尔曼的咏叹调，声音柔和悦耳，吐字清晰优美。全场一片掌声，表明对这位外国歌手的尊敬与热爱。他还和俄罗斯几位演员联袂演唱了《黑桃皇后》第七场的一个段落，观众掌声不息，他几次走到台前谢幕，但没有加演。

那天，除了俄罗斯古典作曲家的作品，也演出了两位当代作曲家的作品。一是开幕式时帕赫穆托娃的"献曲"；二是斯维里多夫的几支作品，其中包括为普希金的抒情诗《接近伊热尔时》谱写的歌、为普希金的小说《暴风雨》作的插曲和《献给普希金花环》合唱套曲中的两首作品。这两首作品我在北京纪念普希金的音乐会上也听过，是中国交响乐合唱团演唱的，当时给我留下很深的印象。这次，在莫斯科的夜空下，在红场的宫城旁，再听俄罗斯表演家们用俄语演唱同一作品，顿时产生了另一种感觉，似乎让我更走近了普希金。

天色由灰暗转为深蓝，塔楼在天幕下只留下一个挺拔秀丽的黑影，涌上来的乌云也散去了。

那天的压轴戏是里亚多夫为普希金诞辰 100 周年时创作的《波罗涅兹舞曲》。这一场与昨天在大剧院看到的那一场，各有千秋。火爆、热烈、令人精神振奋。

忽然，所有聚光灯都亮了，舞台四周喷起烟火，夜空里一片灿烂的火花，把空中的桂花花环和普希金的签名映照得格外闪眼。

回旅馆的路上，我的耳边仍然响着乐声、歌声。我想到我国在纪念诗人时演出的一些节目。

我记得北京纪念普希金的音乐晚会上，我国优秀的歌唱家们演唱了几首根据普希金的作品谱写的歌曲，如阿里亚比耶夫的《冬之旅》，格林卡的《我记得那美妙的瞬间》，居易的《皇村雕像》，格拉祖诺夫的《黛丽娅》，拉赫马尼诺夫的《阿列科》和《别唱呀，我美丽的人》，格里埃尔的《假如生活欺骗了你》，柯尔玛尼诺夫斯基的《同志，请相信我》等。这些作品有的是普希金同时代的作曲家根据他的抒情诗谱写的，有的是后代人——包括流亡到国外的作曲家和其他民族作曲家——谱写的。中国艺术家们的演唱和中国音乐家们的伴奏别具一格，有自己的艺术处理手法。我很想在莫斯科能听到俄罗斯人演唱的这些歌，可惜，几场大的演出上都没有这些作品。也许他们会在别的舞台上演出，我没有机会去欣赏，再说庆祝活动还在继续中。

普希金的几支后代家族

俄罗斯这次纪念普希金，应全国委员会之邀请有上百位普希金家族的后代参加，有的去了彼得堡，有的来到莫斯科。

普希金和冈察罗娃生了4个孩子，两女两男，至今已繁衍了8代。后代几乎遍布世界各地，有的与俄国沙皇的、英国王族的，以及莱蒙托夫、果戈理、托尔斯泰等人的家族成亲。其中有一支还与居住在檀香山的美籍华人刘家喜结良缘。

我见到了从英国、法国、阿根廷远道而来的客人，也见到了住在俄罗斯境内的后裔。

莉莉·法里阿·普希金是阿根廷人，乌黑的头发，浓浓的眉毛，一双水汪汪的大眼睛。手腕上带着一个大镯子，总是穿着很合体又很雅致的连衣裙。客人中间她没有一个熟人，又喜欢交谈，所以我们第一天就相识了。

　　6 月5 日夜晚，俄罗斯文化部副部长杰缅季耶娃在我们
下榻的俄罗斯旅馆地下室的"俄罗斯餐厅"设宴欢迎外国客
人。她首先让我讲话，我谈了普希金怎样把这些外国人联到
一起，中国怎样纪念了这位伟大的俄罗斯诗人。后来别国客
人也讲了几句。

　　宴会拖到子夜，有的客人已回房休息。这时，接待人员
带来几位客人，他们是刚刚从英国和法国赶来的普希金家族
的后代，其中有巴尔泰夫人和她的家人。我记得巴尔泰夫人
在一篇文章中写道，她祖母常讲她长得像普希金夫人，有时
又说像普希金。我仔细端详了一番，不敢妄加评论。这位巴
尔泰夫人，一看就可以感觉到她是大家族的长者，说话很有
气势。她不无自豪地向我介绍了她的孙子，一个年轻俊秀的
英国大学生。

　　我问莉莉："你们这些亲属相互认识吗？"

　　"不认识，我们也是第一次见面。"

　　晚来的几位客人不会俄语，莉莉有时帮我翻译。

　　我临时决定将随身带来的几幅普希金组画拿给普希金后
代们看一看，听听他们的反应，而其他几幅只能向他们展示
画的照片了。

　　我回到楼上，取来画轴，回到餐厅，文化部的官员热情

地帮我把画挂在墙上。

当他们看到这几幅用中国传统画法画的普希金，而且又有中国诗人的题词、图章等，形式出乎他们的意外，便开始感到惊讶。也许他们没有见到过这样的普希金，也许他们没有想到中国人能画一组普希金像。这时，不用翻译，我从他们的表情上已看出他们对画的态度了。他们问及这些画保留在何处，是否有复制品，能否把画的照片赠给他们一套。我解释说我只有一套照片，而且照片背面还有俄罗斯海关的检验证明与检验人员的签字。带着组画过关回国时，我还必须将这套照片再拿给海关人员核对。

巴尔泰夫人建议我们合影。她把自己的亲属也叫到身边，普希金别的支系的后代也加入了。

我希望他们能在画上签名留念。巴尔泰夫人第一个拿起笔来，她踌躇半晌，问道："会不会把原作弄坏？"我劝她大胆地写，说："这是一次难得的会晤，是很有意义的纪念。"

在她之后，别人也签了名。这时，围观的其他国家的客人也表示想在画上签名，最后连俄罗斯政府文化部的官员也签了名。

莉莉把自己的通信地址写给了我，说："您回国后一定给我寄一套您的普希金组画的照片……"又说，"我在阿根廷用西班牙语出版过一本关于普希金的书，回头送给您。"

几天以后，纪念活动告一段落，我离开俄罗斯旅馆时，其他外宾们也纷纷他去。莉莉·法里阿·普希金是我最后见到的一位被邀请的客人，她当时正发愁不知该搬到何处去住。她原想去乌克兰旅行，可是乌克兰驻俄使馆签证索要很大一笔费用，而加急签证费用更高。她紧皱着眉头，说："我没有那么多美元……"又问我，"您搬到哪儿去？我能随您一起去吗？"

我从那天起已是俄中友好协会的客人了，我没有能力帮助她。

临别时，她从自己的手提包的本子中取出一张书签，送给我留作纪念。上边画着一只黑猫，是她的一位女友为她画的。我说："这是您的朋友赠给您的，我岂能夺您的所爱。"她想了一下，笑了笑说："我再写上几个字，改送给您。"于是她写了一句："阿根廷的猫，活像中国的虎。"我没有问她题词的含意。我曾经告诉她，我属虎。她说，她也属虎。也许这时她想起了当时的谈话？当我正疑惑不解时，她又加了一句："等您回到北京，看到这个书签，您就会想起您答应给我寄一套普希金组画照片的事。"

莉莉好细心。

外国嘉宾剪影

全国纪念委员会把邀请来的外国嘉宾安置在莫斯科最大最气派的"俄罗斯"旅馆，住下以后我就向接待我们的人索要一份外宾名单。他们开始说是嘉宾没有到齐，后来说有的客人自费住在别的旅馆里。总之，直到招待我们的日期结束，我还是没有从他们手中得到客人的名单。

好在大部分外宾同住在"俄罗斯"旅馆，接待方还为我们在二层指定了一个专用餐厅，昼夜24小时随时可以来用餐，安排得很周到。餐厅成了我们相聚和交谈的场所。

亚洲的客人有印度学者朗日特·萨哈、韩国教授金根植，后者是韩国一所大学俄罗斯语言文学系主任、韩国科学院东南亚研究所所长。

阿里·加马里是埃及大学教授，她在这次会议之前和郑体武一起参加了俄罗斯世界文学研究所召开的普希金学术讨论会。

我们二十几位外宾中最活跃的可能是斯里兰卡和尚拉特·纳萨拉。他身穿金黄色长袍，色彩艳丽，衬托着黝黑的皮肤，俊丽的相貌，光秃的头和一对明亮的大眼睛，很惹人注意。他在莫斯科留学多年，熟悉俄罗斯人的风俗与心理。

我听他用本国语言朗诵普希金的抒情诗，悠扬悦耳令人陶醉。他告诉我，这是他用古体诗律译的，比较符合原作的音韵。他又是一个善于交际的人，每次集会时，他总不放过机会上前与在场的俄国领导人打招呼。克里姆林宫招待会上，他离开自己的席位，走到市长的面前，从自己的长袍里取出一个画有普希金肖像的盘子，献给市长。市长与他热情握手，表示感谢。这时，他取出照相机，请站在附近的人为他们合影留念。

我们几位同道，看着他那得意的样子，为他高兴。有人说："也不知道他的道袍里有多少盘子，每次我都能看见他掏出一个又一个赠给领导人。"我们都自叹不如这位斯里兰卡朋友能干。

贝宁嘉宾焦多奈·甘满库只有36岁，黝黑锃亮的面孔很像一尊美丽的木雕，只是鼻梁上多了一副金丝眼镜。有一天，有一部分外宾被邀请去参观特列季亚科夫画廊，回来的路上我和焦多奈交谈起来，他的俄语讲得十分流利。

他说他的俄文是在苏联学的，留学七年，娶了一位俄罗斯姑娘为妻。

"你的夫人对你学术研究有帮助吧？"

"当然！很大。没有她，我是很难完成某些重要项目的。"说着，他便从衣兜里取出一张金发女郎的照片。看来，他相当钟爱自己的妻子。

现在，焦多奈夫妇定居法国，他在一所大学研究所挂名，常去美国讲学。焦多奈通晓七种语言，除两种非洲语言之外，还通晓法、俄、英、德与西班牙语。他用法语写了一部专著，考证普希金的祖先汉尼拔不是阿比西尼亚人，而是喀麦隆人。那天，我们一路谈得很投机。

第二天他向我介绍了自己的妻子，说她刚从法国赶来。他妻子叶莲娜长得有些像东方女性，腼腆，少语，但目光里充满了友爱。焦多奈来到我的房间，把自己的专著《阿勃拉姆·汉尼拔——普希金的黑人祖先》赠给了我，说："这是样书，我今天早晨才从青年近卫军出版社取回来。"他在扉页上题了一句话："我们在莫斯科纪念普希金诞辰 200 周年盛会上相识。怀着最温柔的感情将此书敬赠给我的中国朋友高莽。焦多奈。1999 年 6 月 8 日于莫斯科。"

"今天，法国大使馆为我这本专著举行首发式，我非常希望您能光临。"他说。

我想去，很想去，但俄中友好协会已为我另作了安排，只好表示歉意。

我曾问过这位黑人朋友，他的姓"甘满库"在贝宁语中有无含义。他说："有，是'不朽的人'的意思。"自己又加了一句，"我的名字'焦多奈'是'上帝的恩赐'的意思。"

那天我没能出席焦多奈的新书首发式，但我心中一直在默默地祝愿这位上帝恩赐的不朽的黑人朋友的新著能受到重视，祝他今后有更大的成就。

谢敏是波兰一家剧院的院长。他在一次招待会上建议主人组织大家用本国语言背诵一首普希金的诗，在场的人马上意识到他是位能干的组织者和宣传家。他的建议得到大家的拥护，郑体武潇潇洒洒地背诵了《我曾经爱过你……》，博得一片掌声。

英国客人也背诵了这首诗，但他背的是俄文，不熟练，甚至有错，可是他那顽强的精神同样博得外国同行的喝彩。

我想到1987年，我们在北京纪念普希金逝世150周年。那天我们也是用各国语言朗诵的普希金的诗，不过那是中国人用外语朗诵，而不是外国人用母语朗诵。

保加利亚的客人是前保加利亚作协主席、诗人柳保米尔·列夫切夫。列夫切夫灰白头发，灰白的胡须，灰白的衣服，脸上总是带着微笑。他走路有些吃力，拄着一把手杖。几次接触深感他为人乐观，幽默，善谈。当他知道我来自中国时，便大谈他的中国情缘，说他在美国认识了一位中国女画家，从她那儿学到了不少中国的智慧，为此他写了一首诗献给她。他用银灰色闪光的眼睛盯着我，然后突然问道："你认识王蒙吗？"他津津乐道地讲了王蒙给他的难忘印象。后来，我们海阔天空无所不谈，也谈到外国文学对本国的影响。第二天，他递给我两本诗集，说一本转给王蒙，另一本赠给我。"你们是我的好朋友。"他用粗壮的胳膊搂住了我的肩膀，"我的家门，我的心扉，永远为你们敞开着。"

外国来宾中有几位来自前苏联的加盟共和国：亚美尼亚、拉脱维亚、爱沙尼亚、摩尔多瓦。他们在本国介绍普希金方面做了很多工作，有很大贡献。我和摩尔多瓦的塔季扬娜·莫列奇科女士是在分手前才相识的，她是摩尔多瓦科学院国际问题研究所俄罗斯历史、语言与文化室主任，对普希金的创作非常熟悉。

有一天午餐时，我来晚了。餐厅里只有莫列奇科和一位中学生在吃饭，我主动上前与她们打招呼，问她的另一位伙伴呢（摩尔多瓦有两位客人应邀）？她说："我的同行人有事，让我陪她的女儿一起来用餐。"坐在一个餐桌前，我们谈起这次参加莫斯科纪念活动的印象，很多看法相同。我们也谈到了本国纪念普希金的情况，她听说中国那么隆重地纪念这位俄罗斯大诗人，颇有感触地频频点头。我们约好晚餐后再谈一谈，我按时叩开了她的房门。

这次是她先讲了一些事。她说，摩尔多瓦为纪念普希金是有过争议的。最早制定了一个纪念计划，最后并没有全部实行。有人不同意大规模纪念，认为普希金不是摩尔多瓦诗人，没有必要如此兴师动众。现在摩尔多瓦学校讲历史着重于摩尔多瓦与罗马尼亚的关系，而不是与俄罗斯的关系。她说，如何对待普希金，自己有些想法，很想与人交流一下，可是这次活动没有这方面的安排，这给她留下了某种遗憾。她说："我觉得中国人不仅善于继承和发展民族的传统文化，同时也勇于借鉴与吸收外国优秀文化。"这令她十分钦佩。

她让我把中国的纪念活动再详细介绍一下，还问我创作普希金组画的过程和想法。我们谈的时间很长，她不断地记录。她在我画的普希金组画第一张上签下自己的名字并题了一句话："我们都在变得高尚，因为我们有一颗共同的星，它闪耀在高空，它是普希金。"

门铃响了，她说："我们光顾谈话了，我忘记了时间……今天我要乘火车回国，来人要接我去火车站了。"

街头即景

纪念普希金诞辰200周年在俄国确实成了举国上下的全民节日，作为国家邀请的客人有机会参加了一些隆重的活动，但这只是众多活动中很少的几项，而且主要是在莫斯科。当然，仅这些活动也足以使我感受到普希金确实是俄罗斯人的"首爱"和"一切"。

普希金广场上的纪念活动闭幕以后，我和俄罗斯文化部派来陪同我们的官员穆拉托夫一起步行回旅馆，我想更多地和全市人民一起感受一下庆祝的气氛。

我们沿着特维尔大街走到马涅日广场，又转向红场，边走边看。

特维尔大街（前名高尔基大街）本来是莫斯科繁华市街主衢，那里平时车水马龙，川流不息。可是在6月5日与6月6日，即星期六与星期日，在普希金诞辰纪念的日子里，它的一段路变成了步行街。各家商店不管是出售什么东西的，橱窗里的布置都与普希金有关。莫斯科还以"普希金"为名开设了一家新的咖啡馆，市长和各界名流都在开张那天前去祝贺。食品商店甚至做了普希金头像蛋糕，我不知谁敢用刀切它。

马路中央每隔二三十公尺便有一个平面人形牌——描绘的是普希金和他同时代的人物——男子穿着燕尾服，戴着大礼帽；妇女宽松的纱裙，高梳的发髻，还有19世纪普希金小说中描写的马车、雪橇、驿站等图形，也有普希金作品中的各种人物与动物。天气酷热，行人穿得很薄，有些人已近乎赤身，特别是少女，上身"肚脐装"，下身"超短裙"，与纪念普希金人物图中的装束形成了鲜明的对比。不过，我想，如果普希金这时出现在现在的特维尔大街上，看到人们如此打扮，他是不会感到惊奇的。

人形牌伫立在两条背靠背的长椅中间，行人累了，可以坐下来休息。横贯马路的上空悬着纪念普希金的标语，人行路的电线柱上挂着普希金的肖像或语录。有的宣传牌上，在普希金画像旁只有一两字，如"爱情""激情""友谊"等。

广场、花园和街头搭起了表演台，由首都的和外地的演出团体或业余文艺团体表演各种文艺节目，施展自己的才华。演唱根据普希金的诗谱写的抒情歌曲，或者演出普希金的戏剧作品片断。

街上的行人有的手拿鲜花，有的挥舞有普希金画像的小旗。天真活泼的孩子们则扯着线绳，空中飘浮着彩色的气球，气球上画的也是普希金肖像。

普希金与冈察罗娃雕像

我在新阿尔巴特街上还见过四栋高楼的侧墙上悬挂着18层高的普希金像，这可能是世界最大的普希金像了。

新的纪念碑

莫斯科街头增添了几座新的普希金纪念碑。

老阿尔巴特街有一栋两层楼房，那儿曾是普希金的新婚住宅。如今在住宅不远的地方树立了一座普希金与夫人的双人纪念碑。新纪念碑举行落成典礼时，市长卢日科夫参加了揭幕仪式，当时我们也在场。中午12时，阿尔巴特街上挤满了群众，市政府领导人和各界代表站在金色的雕像旁的一个平台上，向广大群众发表演说。市长指着双人雕像问群众："你们喜欢吗？""喜欢！""既然喜欢，我们就继续这样做下去！"

揭幕仪式结束了，市长向自己的汽车走去，汽车停在远离雕像的路口。市民围着市长在交谈，有人向市长问了什么话，他停下脚步，转身招了招手，突然高声地说："我爱普希金！"我身旁的一位上了年纪的俄罗斯人说："他已经像是在做竞选总统的演说了……"

我们沿着特维尔林荫路向另一头走去。这条林荫路上的一棵棵老树足有一两人抱粗，它们是历史的见证人，也许它们还记得普希金等人在这条林荫路上漫步时的谈话。

走到林荫路的尽头，在一个小广场上，出现了另一座新的雕像：也是普希金和他的夫人冈察罗娃。我觉得这组雕像比阿尔巴特街上的雕像要好，没有突出普希金比妻子矮的事实，二人的姿态也更活一些。只是雕像罩在一座凉亭下，而凉亭的6根柱子很粗，又比较低，留下空间很少，普希金夫妇二人在凉亭下显得有些拥挤，从任何一个角度都无法看清雕像的全貌。

普希金墓前

雕像下边是两层的喷泉，围着喷泉有一圈椅子。自从新的雕像出现以后，每天，尤其是晚上，这里便成为市民休闲的地方，新婚夫妇来得更多。

正当我们欣赏雕像时，一群十五六岁的男

女学生跑到喷泉前，脱下衣衫便跳入水池中，他们毫不顾忌附近是否有人。我相信，如果普希金在世，他肯定也会跳到水中戏耍。

纪念碑附近便是普希金与冈察罗娃举行结婚典礼的耶稣升天大教堂。

在普希金结婚那一天，即6月6日，莫斯科有好多对男女青年在这座大教堂里举行了婚礼。仪式后，他们来到普希金夫妇纪念碑前，在阿尔巴特雕像旁的一块砖上刻下了自己的姓名。从此以后，这也许会变成传统：新婚夫妇在全民的"首爱"面前互表自己的忠贞不渝。

纪念活动之后

在莫斯科参加了纪念普希金诞辰200周年活动之后，我有机会和俄罗斯作家协会的一位朋友奥列格·巴维金结伴，到外地转了一圈，访问与普希金有关的一些地点。这次走访对我极其重要，更加深了对普希金和对俄罗斯人民的理解，进一步感受到俄罗斯人民与诗人的血肉联系。

在与各地接待人员交谈的同时，我发现俄罗斯人对今天的中国理解得很少，很浅，而且还参杂种种错觉。我向他们介绍了我国近年的巨大变化，讲述了中国人民对普希金的研究、翻译、教学和出版情况，同时也描绘了我国纪念普希金诞辰200周年的情景。

"我们的报刊上很少报道中国的情况，特别是中国近年的成就，我们完全不知道中国纪念普希金的情景。"普希金纪念馆馆长瓦西里列维奇对我说。我把自己带去的一些有关普希金的资料留给了他。

我一直认为，两国人民要想友好，就必须相互理解，而做到理解是需要多方面的努力的，而新闻媒介关系重大。文学艺术作品是促使人民相互理解的最好途径，它可以使读者的灵魂发生变化，产生真情，而普希金就起到了这样的作用。

1999年7月1日中午，在俄罗斯经过一个月的参观访问之后，我带着很深的印象、很多的感想，又回到了祖国的首都北京。在机场上欢迎的人群中，我又见到了为我送行的两位友协领导的笑脸。

我们还有多少工作需要去做呀！

2010年11月7日

在果戈理纪念碑前

我在莫斯科时喜欢到尼基塔林荫路7号院里转一转。道理很简单，那里有一座我极为欣赏的果戈理（1809—1852）纪念碑。

基尼塔林荫路虽然在市区内，但毕竟有些偏僻，可是每逢我来到那里，总会遇见一些游人，有本国的大学生也有外国的观光客。不知他们来此是否和我抱有同样的心理。

果戈理雕像出自尼古拉·安德烈耶夫（1873—1932）之手。他用了三年时间完成了这座作品，这是他在"十月革命"之前创作的杰作之一，深刻地揭示了果戈理晚年的精神状态。果戈理不是正襟危坐，而是有些病态，靠在椅子上，身披风衣，低头沉思。

这么一座雕像为什么不立在闹市，而摆在这个院落里？让人感觉到它受到了冷落。

后来得知，纪念碑旁的米黄色两层楼属于塔雷金。果戈理生平最后两个月就是在这里度过的，如今他的屋子改建成陈列馆。啊，如果如此，那这座纪念碑立在这个院落里还有情可原。

苏联美术界朋友告诉我，这座雕像原来竖立在人来人往的果戈理街心公园里。

1909年纪念碑在那里举行揭幕仪式，在场的人看到这座雕像后都甚为震撼，有的叫好，有的则持相反的看法，认为没有表现出他创作旺盛时期的风采。

他们眼前是一位疲倦不堪的与世隔绝的人。大画家列宾惊叹："这位为俄罗斯的罪过而受苦受难的人身上包含着多少痛苦呀！"

我认为这座雕像好就好在表现了作家的苦难，即使果戈理名气最盛时，他也为内心的矛盾所折磨所苦恼。

底座四边有四块浮雕像，表现的是果戈理作品中的人物。正面是《钦差大臣》，左侧是《塔拉斯·布里巴》，右侧是《死魂灵》里的几个形象，背面是《涅瓦大街》。

这座纪念碑雕像在果戈理街心公园里一直停放到1952年。那一年斯大林乘车路过此地，一眼看到了垂头丧气的果戈理形象，大为不悦，认为没能反映出苏维埃现实幸福生活，他下令必须把这座雕像移开。于是安德烈耶夫的雕像被搬走了，此地摆上了托姆斯基的作品：果戈理全身立像，面带微笑，碑座上刻着"纪念伟大的语言艺术大师尼古拉·瓦西里耶维奇·果戈理 苏联政府立"。

当时，安德烈耶夫雕的果戈理坐像被送到顿斯阔墓园去了。斯大林死后，到了1954年才把它迁移到尼基塔林荫路旁的这个院落里。

所以莫斯科有两座果戈理纪念碑，泾渭分明，彼此如此不相像。

果戈理1809年生于乌克兰波尔塔瓦省米尔戈罗德县大索罗庆采镇瓦西里耶夫卡村。

他父亲是个小地主，喜欢文艺，写过戏，还登台演出过。母亲也颇有演戏才能，祖母熟谙乌克兰民间传说和故事。果戈理自幼对文艺产生了浓厚的兴趣，他演戏、朗诵、作画……处处显示了他的艺术才能。

果戈理兄弟姐妹中他是长子，弟弟早年夭逝。他帮助父母教育过妹妹。

果戈理自幼就喜欢大自然，小时候最爱的活儿是种花种树，他对大自然的爱保持了一生。他说过："世界上可能没有一个人像我这样发疯地酷爱大自然。"晚年，一旦有条件，他就种树：枫树、苹果树……

大索罗庆采镇里主要居民是乌克兰人，民族风习很浓，他自幼耳濡目染，所见所闻成为他早期创作的题材。

在乌克兰中学毕业后，他来到彼得堡，几经周折，一年后谋到一个职员的小差事。收入微薄，生活清苦，使他亲身体验到"小人物"度日如年的艰辛，这也成了他后来写作的题材。

1831初他在彼得堡《文学报》上开始发表小说，同年5月22岁的果戈理在普列特尼约夫家里结识了比他年长十岁的普希金。他对普希金的文学观点十分赞赏，这位师长无形中成为他事业的转折点。

这期间，他以家乡风俗写成的小说《索罗庆采市集》《五月之夜》《圣诞节前夜》《米尔戈罗德》等随笔，以后又写成乌克兰历史小说《塔拉斯·布里巴》以及刻画彼得堡形形色色的人物和不同命运的小说《肖像》《狂人日记》《鼻子》《外套》等，使他成为俄国文坛上一颗新星。

早在19世纪30年代初，果戈理便致力于戏剧创作。1836年4月他根据普希金提供的素材写成讽刺喜剧《钦差大臣》，当时他只有26岁。这是一部鞭笞俄国地方官吏丑陋形象的作品，对俄国戏剧发展有重要的作用。可是该剧在彼得堡公演后，竟遭到上层社会的疯狂攻击。"所有人都反对我，年长的可敬的官吏们大喊大叫说我没有任何神圣的信念……警察们反对我，商贾们反对我，文学家们反对我……"（见1836年4月29日他写给史迁普金的信）。他感到痛心的不仅是对他的谩骂，更难过的是对喜剧的主题思想的粗辱歪曲。

1836年6月，果戈理在友人陪同下愤然离开祖国，先后到了德国、法国、瑞士和意大利。果戈理一生中前前后后去国外生活了近12年，意大利甚至被他视为第二故乡。

在国外期间，他继续写作早在1835年就动笔的长篇小说《死魂灵》，其题材也是普希金提供的，期间他还着手创作《外套》。1841年，他携带《死魂灵》手稿回国。

《死魂灵》第一部发表于1842年5月。主人公是一个善于投机钻营、招摇撞骗、阿谀奉承的新兴资产阶级乞乞科夫。为了发横财，他便利用时机到外省各偏僻地主庄园收购已不在世的死农奴。

小说中的地主们个个精神空虚、惰性十足、顽固迷信、吃喝玩乐、吹牛斗殴……

小说中的官吏们同样一个比一个卑鄙。

小说把俄国社会中各种缺陷、败行、罪恶暴露无遗。

小说出版后震撼了整个俄罗斯。

他在国外着手写《死魂灵》的第二部，准备在书中塑造

果戈理纪念碑（安德烈耶夫塑，1909年）

一批改恶从善的地主和官吏的形象，但没有成功。

1845年6月底7月初在病情发作的情况下，他将业已写就的《死魂灵》第二部手稿付之一炬。他说自己没能表现出通向理想的道路。

1847年果戈理发表了《与友人书信选》，宣扬君主制度，强调自我完善，主张到宗教神秘主义中去寻找安宁，这事在俄国文坛引起轩然大波。同年7月，别林斯基给果戈理写了一封信，对果戈理的观点作了严厉的批评。

1848年，果戈理经耶路撒冷回国。他在敖德萨上岸，先去了他的故乡瓦西里耶夫卡，然后回到彼得堡，再到莫斯科，住在尼基塔林荫路塔雷金的楼房里。

他生前喜欢在林荫路上散步，莫斯科的大学生总是在那里等候他的出现，希望亲眼看一看敬爱的作家的容貌，甚至交谈几句。

当年，谢·阿克萨科夫、伊·屠格涅夫等作家常来他家中做客。

1850年春，41岁的果戈理想成家。他第一次向阿·维耶里戈尔斯卡娅表示自己的愿望，没想到遭到对方的拒绝。他感到绝望，心灰意冷，从此再不提婚事。

1852年1月底2月初，果戈理在莫斯科遇见了马特威神父。马特威神父劝果戈理销毁《死魂灵》中某些章节，认为它们会带来恶的后果。

果戈理陷入思想矛盾之中，他患了病，不愿见任何人。

就在塔雷金的一层，在他的家中发生了俄罗斯文学史上最悲惨的一页。

1852年2月11日深夜，他毅然将《死魂灵》誊清的第二部手稿付之一炬。他唤来伺候他的小佣谢苗恩，让他点着壁炉。谢苗恩从他父母处知道他侍奉的老师是何许人，便跪在果戈理面前哀求老爷不要烧掉珍贵的手稿，但果戈理坚持了自己的行为。是病情发作，还是经过了深思熟虑，我们无从知晓。在这之后，他感到生命失掉了一切意义，企盼死神光临。他穿着长袍和靴子躺在床上，手里拿着念珠，拒绝一切治疗。

1852年2月14日，果戈理悄然逝世。

出殡那天，阳光明媚，天气晴朗，送葬的人很多，大学的教授和学生们扛着灵柩，徒步走了六七俄里，送到达尼洛夫公墓安葬。

过路人看到送葬人如此之多，便好奇地打听："为谁送葬啊，难道他有这么多亲属？"

有人回答道："为果戈理送葬。我们都是他的亲属，和我在一起送葬的还有整个俄罗斯。"

果戈理的作品很早就被介绍到我国。他的名字曾被译为"鄂戈理""葛葛理""郭克里"等，近年已通用"果戈理"。鲁迅是最爱果戈理的中国作家之一，早在1907年他在《摩罗诗力说》一文中，就说果戈理"以描绘社会人生之黑暗著名"，他的作品"以不可见之泪痕悲色，振其邦人"。后来鲁迅誉他为"俄国写实派的开山祖师"，并于1934年翻译发表了他的短篇小说《鼻子》，1936年译了他的代表巨著《死魂灵》。鲁迅生前还计划出版果戈理的六卷本选集。

瞿秋白是果戈理作品最早的译者之一。1920年北京曙光杂志社发行了他译的《仆御室》。

耿济之是新中国成立前翻译果戈理作品最多的人，其中有《马车》(1920年)、《狂人日记》(1921年)，后来有《巡按使》等。

另一位同样翻译较多、时间稍晚的译者是孟十还。

20世纪20—40年代与这两位译者同时翻译果戈理作品的还有贺后明、毕庶敏、鲁彦、韦素园等人。

1944年上海世界书局出版了芳信译的《钦差大臣》。

1948年海燕出版社出版了什之译的《赌棍》。

新中国成立以后，果戈理作品的主要译者之一是满涛。他的译作绝大部分由人民文学出版社出版。

现在，果戈理的主要作品都已有了译本，而且有的多达数种。

果戈理的戏剧作品不但译成汉文出版，而且还多次被搬上舞台。早在1921年上海神州女学最早演出了《巡按》。20世纪三四十年代，上海、南京、成都、重庆、桂林等主要城市也都演出了该戏。1949年以后，北京青年艺术剧院又演出该戏——《钦差大臣》，盛况空前，经久不衰。

正是由于果戈理的创作具有普遍的深刻教育意义和非凡的艺术魅力，所以自从他的作品传到我国以后，几乎所有著名文学家、戏剧家、评论家，如：鲁迅、瞿秋白、郭沫若、茅盾、胡愈之、郑振铎、冯雪峰、周扬、胡风、丁玲、曹禺、聂绀弩都撰写过评论文章，高度赞扬果戈理文学创作的巨大意义。改革开放以来，我国涌现出一大批新的作者，其中不少长期从事教学的人员，撰写成许多观点新颖、角度不同的文章，拓宽了评介果戈理的领域。

2009年

若能听到中国人的演唱，该多好啊！
——忆米·伊萨科夫斯基

他已经离开我们30多年了，2010年是他的诞辰110周年，他的诗歌仍然回荡在我国神州大地上，他的名字叫伊萨科夫斯基（1900—1973）。这位俄罗斯人对我国读者来说，似乎已经有些陌生，可是一唱起他的歌，大家就会立刻感到亲切，他就是《喀秋莎》《红莓花》《星火》等歌词的作者。

苏联解体后，我在俄罗斯访问时，听到有人以鄙视的口吻说他已经过时。同时我在莫斯科，特别是在他的故乡萨摩稜斯克，又听到人们对他高度的赞扬。应该如何评价这位诗人呢？

他的诗歌在我国流行甚广，即使今天，仍有合唱团在演唱。歌唱者声音或妩媚或昂扬，有一股渗透力，仿佛把我们带到了战火纷飞的年代或和平建设的田野。

我很早就读过他的诗。记得建国初期，我还译过他的一篇论述如何写歌词的文章。他强调歌词作者要写自己熟悉的事物，要有真情实感，要善于运用文字。

　　诗的流传不取决于个人的爱好，群众是最后定夺它寿命的主宰。伊萨科夫斯基不愧为时代的歌手，他的诗记录了苏联社会的变化、人民的命运和世纪的风雷。

　　1955年，我随戈宝权先生应邀到诗人苏尔科夫家中做客。在舒适的客厅里我们见到了伊萨科夫斯基，他们住在同一座大楼里。那天，我们还见到了伊萨科夫斯基的音乐搭档、作曲家勃朗特尔。伊萨科夫斯基身材高大，戴着一副高度近视眼镜，行动缓慢，说话声音不高，非常客气，听人讲话时全神贯注，唯恐有所遗漏。大家很自然地谈论起中苏诗歌和音乐的交流。当我们讲到《喀秋莎》在中国广泛流传的情况时，伊萨科夫斯基很激动，他说："若能听到中国人的演唱，该多好啊！"他的声音有些颤栗，眼眶里似乎涌出了泪水。他陷入久久的深思，过了片刻，他讲起《喀秋莎》那首诗的创作经过。1938年，他写了歌颂美丽的姑娘喀秋莎的诗，只写了一半，便再也写不下去了。这一半歌词深深打动了勃朗特尔的心，于是他把它谱成了歌。伊萨科夫斯基在朋友的鼓励下最后完成了这首诗，从此开始广泛流传，也开始了他们二人的长期合作。

　　在卫国战争期间，苏联红军战士用"喀秋莎"的名字亲昵地称呼使敌人惊魂丧胆的火箭炮。于是《喀秋莎》这首歌便成了鼓舞指战员消灭敌人的精神力量，惩罚法西斯的有力武器的名称。

伊萨科夫斯基出生在斯摩棱斯克州的一个贫苦农民家庭，家中人口众多，他是第十二个孩子，从小就饱尝贫穷艰苦。他自幼患眼疾，很早便戴上了深度近视镜，他只能用文字报效祖国。14岁他写了一首诗《士兵的请求》，诗中讲述一个士兵在第一次世界大战时的悲惨命运。他在前线上临终时请求战友转告妻子，希望她改嫁，转告双亲，说不要等候他回家。此诗中充满悲伤和反战思想。

"十月革命"后，伊萨科夫斯基积极投身于新生活的建设事业中。他当过乡苏维埃政府的秘书、报纸编辑，写报道更写诗。他的作品得到了读者的好评。1927年，他的诗集《稻草中的电线》问世，受到高尔基的赞扬，说他"不是乡巴佬，而是一个了解城市与农村这两股力量不能互相分离的人"。高尔基的话更点燃了这位青年作家创作的激情。

1931年他迁居到莫斯科，已是稍有名气的诗人。

伊萨科夫斯基说，他写作很慢，字字推敲，行行斟酌。我们即使从汉译文中也可以感受到他诗中的民歌风味和优美的音乐感，朴实中饱含着丰厚的内容与激情。

苏联人民反抗德国入侵的卫国战争爆发以后，他写了大量鼓舞指战员士气的爱国诗。他的诗变成了歌，歌声很快就传遍前线和后方，犹如一颗颗子弹射入敌人的胸膛。

苏联卫国战争胜利以后，伊萨科夫斯基面对敌人破坏的家园，深有感受地写成《敌人烧毁了故乡的茅屋》。他写了胜利者的不幸：打了四年仗归来的战士在家乡看到的是断垣与坟墓。他很喜欢这首诗，可是竟遭到正统批评家们的指责。按那种批评家的观点，胜利者只能欢乐，不能痛苦。这时的伊萨科夫斯基已非初出茅庐的青年了，他有自己明确的观点，他没有随风摇摆。

1945—1946年他写了长诗《关于真理的童话》，这是一部对战争的反思和对真理的探索的作品，却遭到当时批评界的否定。直到过了40年，伊萨科夫斯基去世后，该诗才得以面世。

苏联"解冻"以后，意识形态领域发生了巨大的变化。有一些过去被禁止的文艺作品重新面世，而另一些美化现实的作品遭到否定，其中有电影《库班的哥萨克》。该片中有几首歌，歌词出自伊萨科夫斯基之手。电影被否定了，可是其中的歌《红莓花儿开……》《你当初是什么样，现在还是什么样……》却一直在传唱。电影插曲能够脱离影片本身而

伊萨科夫斯基纪念碑

独立存在，应该是它的内容符合大众的需要，旋律吻合大众的情趣。

晚年，伊萨科夫斯基的眼睛已接近失明，另有其他疾病缠身，肺、脊椎、肠胃等等都在出问题。医生严格限制他的饮食，要求他的饭食以蔬菜为主，他乐观地自嘲是"专吃草的老头子"了。在这种情况下，他仍然坚持撰写回忆录。他希望新的一代人能通过他的经历，了解祖国的沧桑历程和文艺创作的艰辛。可惜不待写完他便谢世了。

1999年初夏，我有机会访问了伊萨科夫斯基的故乡——斯摩棱斯克，和当地的文艺工作者举行过座谈。当我谈及伊萨科夫斯基的诗很多都译成了汉文，而且出版了多种译本时，他们大为惊讶。回国后，我将伊萨科夫斯基的一些译本寄给了他们。

伊萨科夫斯基百年诞辰前夕，当地政府准备为他建立一座纪念碑，但苦于财力不够，他们希望中国朋友给予一些资助。回国后，我和我国的几位俄文诗歌翻译家和音乐工作者谈及此事，大家都很高兴地踊跃捐献。

1999年12月29日，我收到斯摩棱斯克州文化局长奥·契尔诺娃的感谢信。她写道："谢谢您和所有的中国朋友们，为纪念我们杰出的同乡、伟大的诗人伊萨科夫斯基百年诞辰纪念活动而做出的贡献。"又说，"您寄来的所有书籍将在隆重的场合转交伊萨科夫斯基诗人的故乡纪念馆。"她还代表州的领导们，感谢中国朋友"对发展两国文化联系、宣传俄罗斯经典作品所做的巨大贡献"。

如今，这座雕像纪念碑已经建起来，在伊萨科夫斯基上过学的学校附近。那是青年时代的诗人，风华正茂，站立在一棵树前，似乎正在苦索诗句（雕像作者是当地人阿·谢尔盖耶夫）。

不管俄国发生怎样的变化，俄罗斯文学史上不会忘掉伊萨科夫斯基，他是一个时代的歌手。

中国改革开放30年以来，我国曾有不少文艺表演团体赴俄演出，节目中有时也包括演唱伊萨科夫斯基的诗歌，只可惜很想听到中国人唱他的歌的本人却不在了，但谁能肯定他的灵魂没有听到中国人的声音呢！

2010年

"肖洛霍夫年"

2005年5月24日是斯大林奖金（1941）、列宁奖金（1960）和诺贝尔奖金（1965）获得者俄罗斯作家肖洛霍夫（1905—1984）诞辰100周年，这是俄罗斯文学界一件大事。俄罗斯总统普京早在四年前就对纪念肖洛霍夫作过专门指示。联合国教科文组织把这一年定为肖洛霍夫年，说明其国际地位与深远影响。

纪念活动早在4月便开始了。政府首先向对发展文化事业的档案馆和博物馆，以及为保管俄罗斯历史作出贡献的俄罗斯人和外国人颁发了肖洛霍夫奖章。

5月23日，俄罗斯联邦又颁发了"肖洛霍夫国际文学奖"。

5月24日是肖洛霍夫诞辰100周年纪念日。盛大的纪念活动一改过去的做法，不是在首都莫斯科而是在他的家乡，在顿河流域一个小镇维约申斯克举行的。那一天，小镇里集聚了成千上万的国内外人士与贵宾，举行了声势浩大的"肖洛

霍夫之春"文学民间创作联欢节开幕式。5月25 日一年一度的
"斯拉夫文字和文化节"也特意设在顿河畔的罗斯托夫市，
全俄大牧首阿列克谢二世还亲自赴该市主持了开幕式。

俄罗斯中央银行和邮政总局为肖洛霍夫诞辰百周年发行
了纪念银币和邮票。

5月25日，莫斯科及周边地区突然发生了大规模停电事
故，即使在这种形势下，普京总统还是专程去了维约申斯
克，出席了那里的活动，聆听了音乐会，参观了肖洛霍夫的
故居，拜谒了由一块巨石塑成的墓碑，并和作家的晚辈们进
行了亲切的交谈。

维约申斯克是肖洛霍夫生长的哥萨克村，他长期住在自
己的家乡。卫国战争年代，肖洛霍夫以记者身份奔赴前线，
他的母亲被敌机炸死在自家门口。他的家，几代人的经历，
都成为他小说的背景资料。

过去，肖洛霍夫经常要在自己的家乡接待国内同行和
客人。

当年，赫鲁晓夫在台上时，还亲自到维约申斯克来邀请
肖洛霍夫陪他同往美国访问，以壮其行。

维约申斯克是20世纪俄罗斯文学的"麦加"。

肖洛霍夫开始写作《静静的顿河》时，年仅21岁。1928年这部史诗的第一部和第二部问世后，在国内立刻引起强烈地反响。有人大加赞扬；有人则认为这个毛头小子岂能写出革命年代哥萨克风云变幻的悲剧性历史？怀疑其剽窃他人之作。对此，肖洛霍夫从不予理睬。

哥萨克在俄国是个特殊群体，它的形成有其历史渊源。他们的祖先是内地不堪忍受沙皇、官宦、封建主剥削和压迫的农奴。他们屡屡举行暴动，后来大批逃往边远的地带。那时，顿河草原是块荒无人烟的地方。这些逃亡的农奴及其后代逐渐形成了自己的生活方式和风俗习惯，被称之为"哥萨克"。据说"哥萨克"有"自由人"的意思。

哥萨克向往自由，崇尚英勇，把勇敢视为人生最重要的价值，他们的骨子里天生有反抗精神。他们既是农民又是军人。他们的生活比内地农民优裕，但相当闭塞。时间也在分化哥萨克，分成穷富不同阶层。

肖洛霍夫自幼熟悉哥萨克人。国内战争时他目睹了红军和白军在顿河的激烈交战。他在有关顿河的小说中描写的正是他最熟悉的人与事。

肖洛霍夫在长篇小说《静静的顿河》中创作的葛利高里·麦列霍夫是一个道德观念、心理素质、个人经历极其复

肖洛霍夫在顿河畔罗斯托夫市码头上的纪念碑

杂的人物。他继承祖辈的勇猛，但缺乏理智的头脑。生活实际使他一再走错路，他努力选择正确的归宿，为此付出残酷的代价。

葛利高里在第一次世界大战中，英勇战斗，在血腥的厮杀中，他的感情和心理发生了变化，对打仗的目的产生了疑问。他接触了布尔什维克，革命的宣传改变了他忠于沙皇的信念和作为军人的天职。他意识到自己跟随的是不该跟随的部队，回村后便站在革命一边，成为本村第一个参加红军的哥萨克。

可是新的苏维埃政权的执行者对过去有过动摇表现的哥萨克，采取过火的政策，逮捕甚至杀害了一些人，使葛利高里愤愤不平，便参加了哥萨克的暴动。暴动军必然要投靠白军，葛利高里虽然不愿意替违背哥萨克利益的白军卖命，但再次走错了路。

葛利高里离开白军，投奔红军，为赎罪而英勇战斗。可是红军不信任他，而且准备把他当敌人处理。他逃离了家乡，落入佛明匪帮，后又从佛明匪帮中逃走，路上埋葬了他最心爱的女人阿克西尼娅。

葛利高里在整个国内战争中，从一个营垒投入另一个营垒，反反复复，长期徘徊在十字路口。肖洛霍夫把他写得有血有肉，真实可信，感人至深。这位主人公最后才悟出历史的必然，终于回到了家，回到了苏维埃现实中。

葛利高里经历的是一场悲剧，也是整个顿河流域的哥萨克们的悲剧。肖洛霍夫艺术地、感人地、大胆地描绘了这个特殊群体生活的艰苦的变化与成长。

读完这部巨著，脑海里不仅深深地印下了葛利高里、阿克西尼娅、施托克曼等等一大批被作家细腻描绘的人物，而且我还记住了一个无名的中国战士。他在书中虽然只出现一瞬间，虽然只用不准确的俄文喊了一句话，然而对于一个中国读者来说，他已给人提供了广阔的想象空间。他是一名"坚强地支持苏维埃政权"的赤卫军战士，通过他，我联想到当时活跃在其他战场上的赤卫军中的中国战士们。他们一定跟他一样，和俄国的无产阶级一起，积极地执行着布尔什维克党的命令，打击白匪，扫除旧社会的种种屏障，在异国迎接胜利，并展望祖国的曙光。

几十年过去了，当年怀疑《静静的顿河》不是肖洛霍夫所作的人，现在可以休矣，事实做了最有力的回答：俄罗斯国内已经发现了他写作这部小说的一些手迹，并就此出版了专著。

苏联时代，肖洛霍夫的小说《一个人的遭遇》《他们为祖国而战》都拍成了电影。1992年俄罗斯著名导演邦达尔丘克接受意大利国际电影公司的邀请合拍《静静的顿河》，原计划拍上下两集的影片和一部十集的电视连续剧，拍摄完毕之后意大利影片商宣布破产，影片被意方没收，460盒影片被锁进保险箱。如今经俄方的努力，终于从意大利人手中将拍成的部分买了回来。这也是对肖洛霍夫百年诞辰的一个献礼，也许有一天此片可以与俄罗斯观众见面。

肖洛霍夫很早就知道他的著作已译成汉文出版，他一直梦想有一天来访中国。

肖洛霍夫在故乡维申斯克的墓

上世纪50年代他接见中国作家时，表示过自己的愿望。我国"文革"期间，肖洛霍夫访问日本，有记者问他：中国给他戴上"修正主义文艺鼻祖"帽子，并对他的著作进行"大批判"，他对此持何态度？他坦然地表示：将来有一天中国人民自己会作出结论的。

逝世前一年，病中的肖洛霍夫还怀着浓厚的兴趣听取了探望他的普里玛教授关于我国改革开放以来中国研究他的著作情况。我们虽然没有见到更多的报道，但我们相信肖洛霍夫会是欣慰的，他的预言得到了证实。

早在1929年，鲁迅先生得知德国出版了《静静的顿河》第一部、第二部后，便托人代购此书，并请贺非翻译，还亲自根据日文版校对译文和撰写后记。1931年《静静的顿河》第一部的贺非译本在上海问世，鲁迅先生赞誉说："风物既殊，人情复异，写法又明朗简洁，决无旧文人描头画角、宛转抑扬的恶习……"

1936年上海光明书店出版了赵洵、黄一然从英译本转译的《静静的顿河》的第二部。

1941年上海光明书店又出版了金人从俄文原著翻译的《静静的顿河》全译本，此译本历经数次修订，长期盛行不衰。近年我国地方出版社也出版过其他译本。

肖洛霍夫几次修改过他的《静静的顿河》，最后一次是1956年，1964年面世，增删和改写之处甚多。那时，汉译本译者金人已作古，出版社便约请贾刚先生根据俄文新版对金人的译本进行了一次全面的校订，并补译了作者在新版中增加和改写的部分。

2000年我国人民文学出版社出版八卷的《肖洛霍夫文集》，收入作者一生所写的几乎全部文艺作品，包括短篇小说以及主要随笔。论文、讲话和部分书信，全部根据原文译成汉文，译者有金人、草婴、孙美玲等人，实际是我国为迎接肖洛霍夫的百年诞辰而做的准备。

2005年是"肖洛霍夫年"，在他的祖国，在中国，在全世界都在纪念这位伟大的俄罗斯作家。

2005年10月

诗韵绵绵中国情
——记乌克兰女诗人斯吉尔达

　　2009年12月，在庆祝《中国》杂志创办十周年的聚会上，有人介绍我认识了乌克兰驻华大使弗·科斯殿科。他和我谈到他那美丽的祖国，谈到历史悠久的乌克兰文学，并提到他的夫人女诗人柳·斯吉尔达。

　　几天后，我收到大使寄给我的一本他夫人的诗作《四季花鸟》。这是大使在日本任职期间，她夫人对东瀛的观察与印象化成的文学结晶，刚出版不久。其中所有诗都是写日本的，而且她还模仿日本俳句的形式，写成乌克兰短行诗。不能不说她这种大胆的尝试，在开拓一条新路，促进了乌日文化的交流。

　　我回信说，我更想看到她写中国的诗。没有想到，过了不久，大使夫人斯吉尔达便给我寄来几十首有关中国诗的打字稿。

　　初读之后，我有些茫然，不知是喜欢还是不喜欢。

　　我国对乌克兰文学介绍得不多。"五四"以来，乌克兰古典文学中我国只介绍过诗人塔·谢甫琴科；建国以后出版过伊·弗兰科的小说和剧本；当代作品中，翻译出版过奥·冈察尔的小说，还有为数不多的诗人与小说家的作品。

乌克兰今天的文学现状如何，我毫不了解。自离休后，我几乎没有触及外文报刊，斯吉尔达的诗给我提供了一个开阔视野、认识和学习的机会。

初读她的诗作时，之所以有些茫然，因为她的作品相当时尚，诗的陈述方法，表达内容，诗的韵律，甚至使用的辞藻——都与传统截然不同，让我感到不习惯。我选了几首适合我的口味的诗，试译了一下。没有想到，它的新颖手法和观念，她的现代语言吸引了我，甚至使我越来越感兴趣了。

诗中常用外来语，又有很多人名、地名、楼名……我不得不查阅百科全书、文学史、作家传略、地图等辞典，但没能全部解决我的问题。我只好向作者本人请教，她耐心地为我作了说明，顺便谈到了自己来华的经历。

斯吉尔达属于乌克兰年长的一辈诗人，但她保留着青年人的朝气，动作敏捷，精神焕发，中等身材，举止优雅，梳着金色的长发，戴着一双耀眼的耳环，上衣外套着坎肩，胸前挂着几串珍珠项链。她闪动着一对晶莹明亮的眼睛，讲话非常客气，且又极其直爽，对我的提问毫无保留地陈述自己的观点。

她17岁开始发表诗歌，用各种文字出版了20余本诗集，还发表了一些学术论文，曾在基辅大学任职，教授乌克兰文学。她到过世界很多国家，如今，作为大使夫人来到中国。

她眯缝着眼睛，神秘地告诉我，来之前，她读了大量有关中国的书，想尽量从书本上知道她所要去的地方的一切。她说，她极爱中国的古老的历史、文化和文学，特别是中国的古典诗词，李白的诗。她用了一句"我爱得疯狂"，让我不胜惊愕。后来，从她的诗中，我感受到了她不仅是对中国的过去，更对中国现实满怀深情。

我发现她的诗并不追求表现重大事件，总是把身边细小的事情提升到人生哲理。她歌颂的是建设，是幸福，是永生，是美。我为她画了一幅速写像，她毫不隐讳地笑着惊叫："你把我画老了，不美了……"她说，"我是走在阳光下的人，我爱的是真、善、美……"我顿时想起母亲关于画女人要画美的教导。

她说，来北京时恰逢新中国建立60周年的隆重日子，她参加了一些庆祝活动；然后在中国迎来了虎年，听到彻夜的爆竹声，欣赏了五彩缤纷的烟花，品尝了传统的美食元宵。这期间她访问了宋庆龄的故居，出席过一些艺术展览，还逛了琉璃厂、北京小胡同……总之，只要有时间她就会贪婪参

观、访问、出席各种活动，然后就是写作、写作，把所见所
闻写成诗……

　　她对一切都感到新鲜，创作激情如同泉水喷涌。她在几
首诗中对中国历史也进行深入的思考，《长城前的遐思》就
是明证：

　　　　　　世上关于中国长城这一奇观

　　　　　　著述何其多……

　　　　　　各种假设，各种推测，

　　　　　　各种礼赞，各种颂歌……

　　　　　　各种由衷的惊讶与祝贺……

　　　　　　我还能补充些什么？

　　　　　　怎么才能倾泻出心海中

　　　　　　那情感汹涌的碧波？

　　　　　　让我到哪里去寻找

　　　　　　一些语言来赞颂

　　　　　　它的伟岸、它的才智、它的气魄！

　　　　　　我深深为之感动……

　　　　　　只能无言静默……

我深信在古老而又崭新的中国，勤劳而又耐苦的人民，会让这位乌克兰女诗人认识一片新天地，同时也会激发她写出更多友好的诗篇。

有一次她对我说："我在其他国家出席我的新书发布会上，亲眼看到这么一本小小的诗集，对促进文化合作和加强人民之间的友好是多么重要！"又说，"如果我关于中国的诗能译成汉文出版，我会感到无比幸福。我深信这本诗集同样会加强我们两国人民、两国文学和两国文化的交流。"她的话里充满了对中国的深情，她关于中国的诗集很快就出版了。

据我所知，在前苏联时代，只有俄罗斯诗人尼·吉洪诺夫在20世纪50年代单独出版过一本关于中国的诗集，斯吉尔达的诗集将是斯拉夫语系中歌颂中国的另一本。

2010年6月11日

情似长江水

——忆白俄罗斯诗人马·唐克

2011年年底，寒风飕飕，但友谊宫大厅里温暖如春，大家在庆祝中国与白俄罗斯建交20周年。会上放映了白俄罗斯风土人情的纪录短片，随着影像的变换，我脑海里浮现出半个世纪前与白俄罗斯朋友们交往的情景。

在前苏联时期，我们把白俄罗斯人统称为苏联人，其实白俄罗斯具有独特的语言、浓郁的民族风格与特色。

马克西姆·唐克（1912—1995）是白俄罗斯现代最著名的诗人。他的思想感情，他的诗歌散文都具有不同于其他民族的色彩：温柔、含蓄、优美，加上悦耳的乐感。

1954年，一次偶然机会，我们在火车上相识。当他得知我是中国人时，喜形于色，可能是第一次与一个中国人面对面的接触。他讲起自己一些往事，说学生时代便对中国怀有深切的向往，迷恋着从未见过的长江。他祈盼有一天能够亲眼看到这条哺育了亿万人口的大江，看到这个神秘的国家，进一步了解中华民族及它的文化。

谈话中，他提到1949年春天一件事。当时他作为苏联代表之一参加了布拉格举行的第一届世界和平大会，大会正在进行时，传来一个振奋人心的喜讯：中国人民解放军浩浩荡荡跨过长江，向南方挺进！掌声、欢呼声震撼着会议大厅。他说："我立刻想起了小学时代在地理课上了解的中国长江，想到我的童年，想到新中国成立前长江两岸受尽压迫的中国劳动人民，想到他们的胜利，更想到从今以后那儿将日益繁荣起来的幸福生活。"

1952年他发表了诗篇《蓝色的长江》，"蓝色长江"指的就是长江。他在诗中说，几千年来，人民受着无尽的折磨，苦难塞满了河床，那是一条"黑色的大江"。后来，人民奋起粉碎了奴隶的镣铐，中国天空升起了红霞，它成了一条"燃烧着火焰的大江"。如今，自由歌声传遍神州大地，它成了"蓝色的大江"。大江就是他想象的中国的代表。

1957年，唐克随苏联文化代表团来到了他梦寐以求访问的中国。我作为翻译有机会陪同他到处参观游览，会见了很多中国作家和艺术家，茅盾、巴金、老舍……他感到无比兴奋。唐克对中国的各方面生活都有浓厚的兴趣，他刚到北京不久就要求看望齐白石老人。当他听说老人于前一年逝

世后，便要求去拜谒他的墓地。他对齐白石老人、对中国绘
画、对美术与生活的密切关系都充分地表现在他写的《齐白
石》诗中：

> 不要像孤独的柳树，
> 伫立在墓碑前暗地痛哭。
> 你以为伟大的齐白石永恒的生命
> 就在此地宣告结束？
> 那一天，黄昏后，
> 我来敬献花圈时
> 也曾有过这种念头。
> 他为了人民欢乐，画了鸟儿在飞翔，
> 你仔细听啊，鸟儿还在鸣唱，
> 你瞧，他亲手栽植的松柏，
> 长青的树梢直伸向天上，
> 他献给祖国的鲜花
> 闪耀着朝霞一般的红光。
> ……
> 他活在嘤嘤的鸟语里，
> 他活在盛开的鲜花里，

他活在青山绿水里，

他活在同胞的心里……

代表团在武汉东湖参观了屈原纪念馆。面对屈原雕像，他久久默默伫立沉思，后来写成《咏东湖水映屈原纪念像》：

垂柳呀，你们为什么弯身探向水面？

天空吐露霞光时，你们在水中有什么发现？

你们看见了碧玉宝石的产地？

或是珍奇的金鱼在那里成群游玩？

垂柳悄悄地向我开言：

"你亲自向湖水深处看一眼，

不过，千万不要惊醒风儿和芦苇，

你会在湖心里看见活的屈原。"

唐克用"不惊动伟大诗人屈原身形"的诗句，巧妙地表达了自己的敬仰之情。

在访问中国期间，马克西姆·唐克亲眼看到了中国大地，接触了中国人民，目睹了长江，心潮澎湃，诗情像长江水一般在喷涌。

唐克（高莽速写）

唐克回国后，我们一直在通信。后因中苏关系破裂，联系中断。50年后，我意想不到地收到一位白俄罗斯文学家来信，他告诉我，唐克在自己的日记里几次提到我，还有中国的文艺界的友人。前不久，他又给我寄来一首唐克怀念老舍先生的诗。可能唐克得知老舍先生以身抗拒屈辱，投湖自尽后，按捺不住自己对先生的深情，写下了《悼老舍先生》一诗。他依然以白俄罗斯的委婉、细腻、深情表述了对老舍先生的怀念敬爱。全诗很短：

老舍啊，

你的祖国幅员辽阔：

长城万里，犹如巨龙，挺躯嵯峨；

长江啊，你有无数支流溪河；

珠峰高高耸立，犹如阳光宝座。

可是你呀，大师，

在神州大地，竟无立锥之地，

不得不在

湖水深处

寻找永恒安身之所。

　　斗转星移，世界发生了巨大的变化，中国进入改革开放的年代，白俄罗斯宣布独立。两国之间建立了直接联系，两国人民之间的情谊永远像长江的水，浩浩荡荡奔流不息。

　　2011年是中白建交20周年，2012年是马克西姆·唐克诞生100周年。白俄罗斯准备为这位杰出的诗人举行隆重的纪念活动，他所挚爱的中华儿女也永远不会忘记他的深情！

2012年

传奇的汉学家

——阿·罗加乔夫（1900—1981）

1999年夏天，莫斯科一个明媚的早晨，罗加乔夫的女儿汉学家嘉丽娜·斯捷潘诺娃和她的丈夫驱车来到我下榻的旅馆，我们商定一起去拜谒她父亲的墓。她的父亲阿·罗加乔夫（1900—1981）是苏联著名的汉学家、莫斯科大学教授，2000年2月11日是他100周年诞辰。我决定趁访苏之际前往凭吊，以示中国人对他的怀念。我国对这位译家了解不多，而这位大学者在介绍中国文化与文学方面贡献颇丰，是值得我们永志不忘的。

汽车向西驰行了约一个多小时，在孔采夫公墓附近一条街上停了下来。这座公墓在莫斯科也是名胜之一，它历史悠久，墓碑多彩，墓园里安葬了很多对祖国对人民有贡献的英灵。

墓园很大，坟茔很多，幽径错综复杂。没有这两位同行人带路，我是很难找到罗加乔夫先生的墓的。

嘉丽娜手捧鲜花，带着翻土与剪枝的工具，拐了几个弯，把我带到一条绿荫蔽天的小路的尽头。在一块用黑色花岗岩圈起来的坟地上耸立着两块平面的黑色墓碑，左边是罗加乔夫的，右边是他夫人的，碑上刻着他们的肖像和姓名。

罗加乔夫是位富有传奇色彩的人物，与我国关系密切。1924年春天，他在莫斯科大学东方系三年级求学时，因汉语学得突出，第一次被派到中国来实习。在实习过程中，又因工作需要，他从一名学生变成了国家干部。当时我国正处在各种势力各个地区和民族之间的错综复杂的斗争之中，罗加乔夫在我国哈尔滨、张家口、北平连续工作数年。25岁时他从苏联驻华代办处被调到冯玉祥将军的国民军司令部为苏联军事顾问团担任翻译，然后调往广州，在孙中山先生的顾问鲍罗廷手下工作。1926年随国民革命军参加了轰轰烈烈的北伐战争，1927年夏，他随一批苏联工作人员从汉口经华北，到恰克图，再穿越蒙古大漠返回祖国。

他在莫斯科东方学院毕业以后，1928年在中山劳动人民大学任翻译科长，后调到苏联人民外交委员会任职。同年又被派到迪化（今乌鲁木齐）苏联总领事馆工作，直到1934年。

他在中国从东到西，从南到北，几乎跑遍了苦难的华夏大地，上上下下接触了各界人士，目睹了中国的贫穷和中华民族争取解放的决心。他在中国参与了最复杂的斗争，工作使他精确地掌握了汉语口语与文字，为他后来从事文学翻译打下了坚实的基础。

1939年，罗加乔夫偕夫人与一双儿女返回莫斯科。多年后，儿子当了外交官。这位儿子便是俄罗斯联邦现任驻华特命全权大使，即罗高寿。

罗加乔夫回国后，在莫斯科大学任教，为培养新的汉学家付出大量心血。早在20世纪30年代他就译了孙中山先生的《三民主义》，成为苏联东方学院的教材之一。新中国成立以后，面对中国新的现实，他深感使广大俄罗斯人民认识中国的最好途径之一是通过文学作品，于是他开始翻译中国当代的文学名著。他译了鲁迅的《祝福》，老舍的《无名高地有了名》，马烽和西戎的《吕梁英雄传》，草明的《原动力》等小说。他的译作在苏联很有影响，得到很高的评价。

罗加乔夫还是第一个使俄语读者读到中国古典名著《水浒传》和《西游记》的全译本的人。

《水浒传》的俄译本于1956年由苏联国家文学出版社出版，1959年再版 3万册。莫斯科大学学术委员会鉴于罗加乔夫翻译这部巨著的功劳，特向他颁发了表彰奖。1997年莫斯科又重印此书，这次身为大使的儿子，为该书写了前言。

继《水浒传》之后，他于1959年与汉学家科洛科洛夫又合译出版了《西游记》。科洛科洛夫的汉名郭质生，20世纪20年代曾为瞿秋白当过翻译。

《西游记》的故事作为口碑文学在我国流传了几个世纪，家喻户晓、妇孺皆知。成书后，其中既有现实主义的描写，又有佛教的传说，人神鬼的混杂。让外国人一下子接受这样一部奇书，绝非易事。《西游记》俄文全译本问世后，为了便于普及，罗加乔夫特意编写了一个节译本——《猴王孙悟空》。此外他还写了专著，从文学、历史、艺术特色等角度对《西游记》作了多层次的学术分析与阐述。

《水浒传》与《西游记》能在俄罗斯读者中传播，首先归功于笔耕多年，如今静静躺在孔采夫墓园里的这位杰出汉学家。

1965年，罗加乔夫随苏中友好代表团再次来到中国。中国已经发生了巨大的变化，获得空前的成就，同时它又面临新的史无前例的"文革"灾难。罗加乔夫在中国经历了种种惊人的事件，这一次他已没有机会参与了，但我深信他一定会有很多感想和感受。

罗加乔夫活了81岁，在中国总共度过12年峥嵘岁月。他把自己丰富的知识，把对中国的爱传给了学生，也传给了儿女。不久前，我遇到俄罗斯学院语言所所长宋采夫教授，他激动地回忆了使他受益匪浅的老师。

那天，我和他的女儿、女婿在罗加乔夫墓前整理了周围的环境，除草浇花，长时间的静默，各有所思。我想，如果这位老人能目睹他也为之奋斗的中国，看看今日北京的新貌，上海崭新的浦东，发展迅速的深圳和珠海，欣欣向荣的乌鲁木齐，几次战胜洪水的武汉，回归后繁荣的香港和澳门，以及他到过的城市乡村，该是何等的欣慰啊！

在回旅馆的路上，我们继续谈了罗加乔夫的家事。罗家可谓全家都是汉学家：老罗加乔夫是全家第一代汉学家；俄罗斯驻华大使罗高寿和他的妹妹嘉丽娜——俄罗斯科学院远东所高级研究员——是第二代；罗家的第三代甚至第四代也踏上了研究中国的路。罗家与中国结下了不解之缘。

如果俄罗斯能有更多这样的家族，研究中国，介绍中国，促进中俄人民之间的相互理解，那时我们两国之间的传统友谊将会得到更大的发展。

2000年1月

阿列克谢耶夫和《聊斋志异》

　　1987年夏，我和几位作家朋友来到山东省淄博市，然后到一个具有明清建筑风格的古老村落访问了蒲松龄纪念馆。

　　蒲松龄的故居早已被毁，我们面前是新中国成立之后国家拨款修复的故居。

　　故居坐落在蒲家庄东西大街的北巷，门前古槐葱茏，大门古朴典雅，匾额上是郭沫若先生1962年题写的"蒲松龄故居"五个大字。

　　跨进大门，一尊蒲松龄雕像掩映在翠竹之间，一条青砖铺就的通幽小路把我们引入一个古藤缠绕的八角门内，这儿便是蒲松龄诞生、著述和去世的"聊斋"小院了。一丛丛树，一堆堆石头，仿佛各处都隐藏着神秘的狐妖。

　　走进室内，房间不大，迎面墙上悬挂着蒲松龄的画像，画像两边是郭沫若手书楹联：

　　写鬼写妖高人一等

刺贪刺虐入骨三分

东间是卧室，西间是书房。

蒲松龄出生在一个破落的地主商人家庭，也是世代书香门第。蒲松龄兄弟四人，他排行第三，自幼随父亲读书，聪慧过人，19岁初应童子试，即以县、府、道三个第一考中秀才。当时有人赞扬他"观书如月，运笔如风"，但以后的三年一次的乡试中却屡试不第，直到71岁时，才依照惯例成为"岁贡生"。蒲松龄一生怀才不遇，郁郁不得志。

蒲松龄19岁结婚，曾作过县衙幕僚，看不惯奢侈骄纵的纨绔子弟，写诗进行无情的揭露。33岁时应聘到本县缙绅毕际有家教书，靠舌耕笔耘维持生活，过了30多年的私塾生涯。

蒲松龄生活在明末清初动乱的年代，封建社会的黑暗和人民的疾苦，个人的坎坷遭遇，激起他愤世嫉俗的思想感情，便以深刻的寄托手法写成具有强烈批判精神的《聊斋志异》。

他从青年时代就开始创作这部巨著，在40岁时已初具规模，后又不断补充，直至年近古稀仍秉笔奋书不止，可谓一生心血的结晶。

《聊斋志异》现存491篇，绝大多数写的是花妖、狐媚、鬼怪的故事，或是奇人异事，所以蒲松龄自己把这部作品称为"狐鬼史"。作者用浪漫主义的艺术手法，深刻地揭露和批判了封建社会的黑暗，讽刺贪官污吏，鞭挞豪强劣绅，对黎民百姓寄予深刻的同情，有强烈的时代感。他歌颂了与封建礼教冲突的爱情与婚姻，他的想象是很丰富和惊人的，他谈鬼说狐，写仙描神，百幻并作，无奇不有，展示出一个个神奇瑰丽的迷人境界。

我在一个展橱玻璃下看到蒲松龄的著作和几种外文译本，其中有一本是俄罗斯汉学家阿列克谢耶夫翻译的。

瓦西里·米哈伊洛维奇·阿列克谢耶夫（1881—1951）是苏联汉学奠基人，是苏联科学院院士，郭沫若先生誉他为"翰林"。他三次来过中国，对我国风土人情、历史文化、文学艺术、书法剪纸、民间工艺都深有研究。

阿列克谢耶夫最早一次到中国是在1906年到1908年间，那时他年仅二十五六岁，但已去法国和英国进修过。

1907年，阿列克谢耶夫在北京见到了他的法国老师、著名汉学家爱德华·沙畹（1865—1918）。沙畹是来中国考察汉代遗迹的，阿列克谢耶夫请求参加他的考察团，得到同意，从此开始了为期四个月的考察活动。这是俄国汉学史上职业学者进行的首次旅行，从前曾在中国旅行过的俄国人中没有一位是汉学家。考察过程中他一路做了详细的日记记录。

　　早在1848年，美国汉学家卫三畏（1812—1884）便翻译发表了《聊斋志异》中的两篇小说《种梨》和《骂鸭》。俄国最早翻译《聊斋志异》中的一篇故事《水莽草》出自莫纳斯特略夫之手，1878年发表在《国闻》杂志第195期上。1884年英国汉学家翟理思翻译发表了蒲松龄的164篇故事。

　　我们不知道阿列克谢耶夫是否读过这些译作。不过，他在日记中几次提到《聊斋志异》，说明他对这部作品早有所知。如在10月5日的日记中，他记述官吏的富贵时，写道：

　　　　想到这里，就不能不提起《聊斋》：它对中国官吏，特别是州府一级官吏的胡作非为、贪得无厌、出卖灵魂、阴谋诡计、专横跋扈及丧失人性所进行的辛辣讽刺同样适用于现在。难道还有比充满哲学和文学思想的《续黄粱》更具有现实意义的作品吗？有一天，一个幻想能当上宰相的举人（第二级别的考生）来佛寺游玩，会施法术的和尚给他托了一个梦。他梦见他的愿望实现了，成了帝国的全权宰相。所有的官吏都巴结奉承他，他包揽词讼、惩治罪犯、奖赏朋友、处决异己、买卖官爵；他所有的亲人都身居要职；而他在府中日夜与美妾作乐，或者纵马牵狗，出外行猎。突然，他犯了国家大案……所有财产被抄没，家人被驱逐，自己被砍了头，经受了十八层地狱的煎熬，搜过的金子被溶化后灌进了自己的喉咙，又被扔到了刀山上等等，最后被迫托生为一个女人。（这在中国很典型！）（这里和下边引用的译文均系严国栋所译。——笔者注）

几天之后，在10月11日的日记中记述他在旧书摊上发现了《聊斋志异》的情景：

> 然后我又买了令我心醉的《聊斋》，这是个很有意思的版本。看来，此书原属某个爱书者：到处可见各种颜色的标记。许多中国人在看书的时候喜欢用红、蓝、黄和其他颜色划出他们喜欢的文字，他们在文字的一侧画上圆圈和逗号，也在页眉处写上评论和注释，以此来表示他们的赞赏，所以，有可能整页都被标记所覆盖。
>
> 可以不夸张地说，《聊斋志异》是中国最流行的书籍之一。在任何书店、任何街头地摊和货摊都能够看到此书。可以在不同社会地位和状况、各个阶层、各个年龄的人手中见到这本书。任何一个受过良好教育的中国人首先会阅读此书，为精美的文学形象而兴奋和感

动。但是，对于那些不是特别有知识的人，即不具备那种文学修养和不认识那么多字的中国人来说，《聊斋》是一块真正的磁铁。其实，这样的读者能够透彻理解复杂的、经过文学加工的文字，甚至可以理解作品的主题——现实世界与不可思议的幻想世界的奇妙结合，这些抓住了他的心，他对400多篇故事的理解程度绝不比受过良好教育的人逊色。但是，《聊斋》的流行面还要更广。在中国，即使目不识丁的人也不排斥文学食粮。我在北京皇城门外通往天坛的主要街道上的茶馆和饭店里经常听"说书的"说书，"说书的"就是为老百姓说书的人，他们具有非凡的天才，能够将《聊斋》的文章甚至风格转换成有节奏的口语。他们用无可比拟的发音吐字功夫、面部表情以及进行有节奏即兴创作的才能为原作添加了许多东西。听这些故事所获得的印象是极其深刻的，这里将书面的、难懂的语言转变成了活生生、易于理解的语言，没有受教育条件的不识字的中国人可以了解《聊斋》的益处，感到《聊斋》所讲的都是他们所喜爱的、也能够理解的东西。

那些见过听众如何聚精会神听"说书人"的人能够理解，文化对这个令人诧异的民族的影响有多么深刻。

　　但是，天才的说书者只是《聊斋》桂冠上的一条月桂树枝。中国读者在崇敬其无穷想象的同时，同样看重其文学手法的出色运用，将民间迷信加工成为文学样式。《聊斋》能够使用细腻的文学语言阐述最普通的事物，《聊斋》将讲故事的人和读书人生动地结合起来，首先战胜了读书人对普通事物的鄙视心理。中国的读书人确实从小就习惯于这样一种思维，就是细腻而复杂的语言能够表达重要的思想——儒家以及古代文学和诗歌大师们的思想。这些读书人总是觉得，阅读通俗易懂的书籍就好像是贴身穿的内衣，大家都在穿，可谁也不愿意示人。就在此时，《聊斋》出现了，开始用等级森严的中国古典文学最杰出作家的语言讲述最隐秘和最普通的事情。他完全不使用口语，就连耕地的农夫也用孔夫子的语言说话。他对作品进行了如此丰富的文学加工，有时一句话就是一个暗示，敏锐的思想包含在每一个字的双重意思之中。

　　结果，《聊斋》的小说尽管都是民间题材，却成为中国知识分子阶层中最长久和最流行的书。中国文盲贪婪地听着出色的说书人讲述复杂的情节，全身心地感受那与之血肉相连的内容，而读书人看中的是这些小说丰富、生动、迷人、无出其右的风格。所以，此书的传播是没有止境的，在全世界都难有与之匹敌的作品。

此时此刻，在回北京的路上，我渴望能开始工作，切盼能够翻译作品，其中包括我在临行前已经开始的《聊斋》小说翻译。

在谈到中国文学作品中有关情爱的描写时，他再次提及《聊斋》：

在《聊斋》小说中，粉黛佳丽、亡魂幽灵、妖魔鬼怪的爱情以意想不到的形式展现在我们面前。坠入情网的书生，克服环境的障碍，鲁莽而神魂颠倒地去追求令人心醉的女狐。

从故居走出来，不远就是著名的"柳泉"。柳泉周围有许多棵柳树，该处是通往济南府的大道，行人络绎不绝。

当年，蒲松龄就坐在井旁的茅草亭内，烧水煮茶款待过往路人，听他们讲述的各种奇异的故事，为他创作《聊斋志异》积累了大量素材。

再走不远，是蒲松龄的墓。

如果阿列克谢耶夫当时不是随同沙畹考察，也许他会专程来到这里，探寻蒲松龄的故居、柳泉和坟墓，并给我们留下宝贵的记录。

阿列克谢耶夫很快就开始翻译《聊斋志异》。1910年便发表最早的几篇译文，以后分别于1922年、1923年、1928年、1933年出了四本译文集。阿列克谢耶

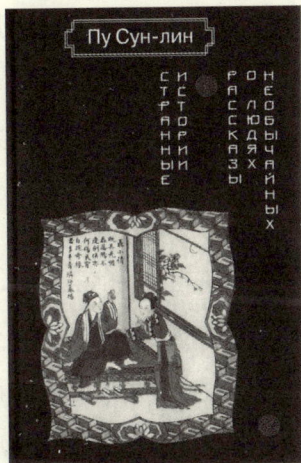

俄文版《聊斋志异》封面

夫逝世后，又七次再版《聊斋志异》。最后一版于2003年问世，收集了阿列克谢耶夫翻译的所有《聊斋》故事以及研究蒲松龄的文章。正是阿列克谢耶夫使中国的奇书《聊斋志异》成为俄罗斯读者喜爱的读物。

根据阿列克谢耶夫的俄译本《聊斋志异》，苏联其他民族将这部小说译成白俄罗斯文、乌克兰文、爱沙尼亚文、吉尔吉斯文和塔吉克文等。

如果阿列克谢耶夫在天之灵看到自己的译作陈列在他所喜爱的作家蒲松龄的故居中，一定会感到欣慰。

2010年12月

列·艾德林：唐诗大译家

列·艾德林（1910—1985）——这位杰出的苏联汉学家，以其优秀的译文博得广大读者的尊敬。中国人感谢他50年如一日孜孜不倦地把中国古典诗词译成俄文奉献给苏联读者，苏联读者感谢他把世界诗苑的中国瑰宝展现在他们的面前，丰富了他们的文化生活。

"艾德林"这三个字，完全像中国人的姓名，他为此而沾沾自喜。他治了几方篆刻名章，出版译著时常常用中国印迹装点扉页。他还给自己制了一个藏书票，同样充满了中国古色古香的气氛：身穿长袍头戴纱帽的一位古代诗人，在松荫下，面对一枝梅花，手握毛笔，伏案行书。所有这一切都显示出艾德林对中国文化、中国古诗的深情与眷恋。

1985年10月，他在访问我国之后，返回莫斯科不久，猝然长逝。当时我不能相信噩耗的真实性，因为几天前，我们还在一起，在长安街上漫步，在房间里聊天，话久别之情，谈译诗之得……然而事实是无情的。

那一年他年高七十有五，外表却看不出老人的迹象。他朝气勃勃、神采奕奕，谈笑风生。他深情地说："20年来，我无时无刻不在想再度访问中国，再次会晤老友，这一愿望实现了。"他紧紧抿住双唇，似乎在微笑，也许是在克制自己内心的激动，怕在场的人发现他眼眶中饱含的泪花。他镇静了一会儿，然后字字含情地说："我希望今生还能来一次，最后一次！"是啊，他确实想再来，他为自己保留了准备参观访问的项目。

记得有一年，我们站在洛阳龙门石窟前，隔着滔滔的黄河，遥望对岸香山琵琶峰，他说："我还得来，还得去拜谒白居易墓！"又有一次，他轻轻抚摩一本古诗集，向往地说："我还得来，还得到九江去看看陶渊明纪念馆……"他还得来，他还有不少愿望，可是……

他最后一次来到北京时，我们完全不知道他已是疾病缠身。临行前，他没有向外人透露医生的劝阻，瞒着妻子，瞒着同行人，来了。他太想念中国了。他在中国访问时，凭借顽强的毅力，控制了疾病的发作，可是当他背着一堆印象回到家人身边时，可能麻痹大意了……

一

我和艾德林1954年在莫斯科相识，那时他已是著名的汉学家，正在大学任教。苏联作家协会很少吸收翻译家入会，除非译者有突出贡献，艾德林就是以翻译成就而参加作协的为数不多的会员之一。他谦虚、热情，极有礼貌，同时博学又好学，并利用一切机会钻研汉文。他有时以同志般的善意纠正我的俄语，他是长者，我很尊敬他，我们很快就亲近起来了。

我们最初接触时，他的导师阿列克谢耶夫院士——即"阿翰林"——谢世不久，对恩师的怀念仍然萦绕在他的心头，所以话题常常转到这位院士身上。阿列克谢耶夫是苏联汉学的奠基人之一，记得艾德林说过："人死了，这损失是无法弥补的，不过可以自慰的是世上没有永生的人。而学者的生命是在他的著作中，在他的继承者身上。"我觉得艾德林像是阿列克谢耶夫的生命的继续。

我不知道，早年的艾德林——当钳工的青年，是怎样选择了研究汉学这一艰巨的事业的。但，我听

艾德林译《白居易诗选》封面

说，他在大学求学时废寝忘食地阅读有关中国的著作，对中国古代诗词发生了浓厚的兴趣。1942年他完成副博士论文——《论白居易的诗》，1967

俄文版《白居易诗选》扉页

年又以《论陶渊明及其诗作》的论文获得博士学位。中华人民共和国成立后，他一度把自己的研究重心转移到中国现当代文学上，发表过论述鲁迅及今日中国文学等著作。然而他的特长毕竟在诗歌方面，所以最后他还是全力以赴地研究与翻译中国古典诗词。

艾德林对中国古典诗词的研究造诣很深，他引以为骄傲的是，在这个领域他有几位德高望重的中国学者朋友——郑振铎、俞平伯、郭绍虞、王瑶等人。艾德林与他们的交往使他受益匪浅。他的译文达到了很高的水平，不少佳作可以列入译苑经典之林。

从相识时起，我就意识到艾德林在翻译中国古典诗词方面一直进行着多方探索。除了努力理解每个汉字的全部涵意之外，他在寻求一种能够更好地、更完美地表达原作的形式。他说："汉字使中国诗具有了立体感，句止而意不尽，中国古诗给读者也给译者留下广阔遐思的天地。每个汉字有多层含意，因此有人觉得译中国古诗容易，根据本人对每个汉字的理解译成相应的俄文即可。""我认为真正理解中国古诗太难了，要善于读它，要会读它，要能够透过每一个汉字体会中国历史数千年多层次的文化积累，要掌握诗人用字与用脑的核心。译者应当努力做到使译文能反映出诗人跳动的心灵来。"他还说："切不可用自己的想象去理解别人的话。"我还记得他讲这话的时间和地点。那是20世纪60年代初，在莫斯科的北京餐厅，艾德林请我吃饭。那天，我不想吃油腻的西餐，很想吃点儿清淡的中国面条。于是他便向服务员叫了两碗面，没有想到服务员给我们端上来的是两盘粉丝。怎么吃？我们二人都忍不住笑了。于是他讲了那句颇有教育意义的话。

二

我国读者或许不太了解"十月革命"前俄国汉学家翻译中国诗歌的情况。那时，严谨的、科学的、名副其实的译文比较稀少，而意译的或根据原作内容进行再创作的所谓"译文"，却比比皆是。

我不妨引证一个例子。李白有一首《玉阶怨》，五言绝句，4行20个字：

> 玉阶生白露，
>
> 夜久侵罗袜。
>
> 却下水精帘，
>
> 玲珑望秋月。

1914年，俄国出版了一部《中国古诗选》，编译者是维·叶戈里耶夫和弗·马尔科夫，诗选中收有李白这首诗的"译文"。如果书中不作说明的话，很难想象这是李白的作品。不仅因为原诗4行扩充成23行，更因为诗中增加了不少译者的话。如果用白话文再把这首"译诗"翻译过来，则变成如下的作品：

> 白色的透明的玉石台阶，
>
> 一层又一层升高，
>
> 台阶上洒满了露珠，
>
> 一轮满月在露珠里映照……

每个台阶都闪烁着月光。
沿着台阶走上去的
是身穿长衣裙的女皇。
相互映辉的露珠
浸湿了华贵的衣裳。

她走向帷幕,
长长的月光
像织成的白布。
月光使她目眩,
她在门前停住了脚步……

她轻轻地放下珠帘
奇异的珠子向下飞溅,
窸窸簌簌作响
如同阳光照彻的瀑布一般。
女皇在倾听水流的低喧。
她忧伤地望着月光,
穿过珍珠倾泻的
秋夜的月色的光芒。

　　……她久久地忧伤地望着月光。

　　显然，好心的译者唯恐俄国读者不能从精练的诗句中领略中国古诗的优美，便作了一定的发挥。这样一来，不懂汉文的读者，从这样的译文中，当然也就无法真正感受到中国古诗的特色。

　　艾德林不同意这类的译法，他遵循的是阿列克谢耶夫院士的原则，不任意给原文增加或删减一字，用相应的重音表达原作中的字数，宁肯译成散文，绝不勉强凑韵。艾德林告诉我，他没有重译李白这首诗，这首诗有苏茨基的译本，比较成功，他只译过李白一首诗——《赠汪伦》。我觉得艾德林无论是对原诗的理解，或俄文的表达，以及译文的诗的结构及音律的安排都很成功。阿列克谢耶夫院士早年译过李白的诗，不是以诗译诗，而是以散文译诗。后来，他放弃这种译法。

　　如果说，李白的诗基本上都是汉学家译的，那么20世纪50年代，苏联杰出的女诗人阿赫马托娃完成过几首李白诗的俄译。阿赫马托娃不懂汉文，她是根据他人作的逐字的俄译再度进行艺术上的加工。阿赫马托娃是俄罗斯语言大师、大诗人，她的译文别具风格，艾德林十分赞赏她的译文，说："她的译文是名副其实的诗。她没有追求韵脚，大概这是有意之举，放弃凑韵的做法，追求中国古诗的其他特色。她的译诗中完美地保留了中顿前和中顿后的句型，保留了诗句的顺序，保留了诗中的形象和整体结构。她的用词讲究，显然是经过反复推敲。"艾德林特别欣赏阿赫马托娃译的《金陵城西楼月下吟》，说它"接近了理想的境界"。看来，艾德林不断地从阿列克谢耶夫的译法和阿赫马托娃的译法，以及其他同行的译法中吸取经验，丰富自己的译技。

阿列克谢耶夫院士桃李满天下。他培养了研究中国各个领域的汉学家，艾德林是这位老院士的得意弟子之一，他是专攻中国古典诗歌的。另一位也偏重于研究中国文学的得意弟子是费德林。阿列克谢耶夫院士在世时，非常器重这两位门生。他赤诚地向他们传授自己的经验，同时虚心听取他们的意见。我读过他1938年写给这两位弟子的一封信，体现了他们之间的特殊关系，既是师生又是志同道合者。信上写道："寄上《丹青秘诀》汉文稿一份，有人称此篇出自8世纪王维之手。否！希二位依它核对吾之译文，如从中能有所获，余甚为欣慰。二位若能对拙译提出意见，更不胜感激。二位对拙译《荷颂》之意见，已为余所采纳，并对译文做了相应之修改。"看来，在以阿列克谢耶夫为代表的苏联汉学形成过程中，也有艾德林与费德林的贡献。

三

20世纪六七十年代，中苏关系处于僵局时期，中苏文艺界的联系也中断了。批判之声甚嚣尘上，天人路隔，一直没有艾德林的信息。后来听说，苏联那时很多人都对中苏关系的恢复已经绝望，唯独艾德林还坚信两国人民的友谊必将修好。

"十年动乱"之后，1983年我去莫斯科访问，又和艾德林相见。我发现他似乎一点儿也没有变化，待人仍然是那么亲切诚恳、彬彬有礼；说话仍然是那么文雅，喜欢使用一些半文半白的辞藻；目光透过金丝近视镜，仍然是那么炯炯有神；走路仍然步履矫健，胸挺背直。只有灰色的头发增加了一层白霜。他赠我两本俄译本诗集：《中国古诗选》和《白居易诗选》。

"十多年来，我一直怀念着你们，怀念所有熟识的和不熟识的学者们。我为很多备受尊敬的老先生们的生命担过忧，我深怕他们的体力经不起那场风暴……"他一一打听朋友们的近况，一再要求把他的问候带给他们。当时，我发现他尽量回避"文化大革命"这个可怕的字眼，深怕它会勾起自己的和对方的辛酸。

当话题转到创作时，他谦虚地说："和过去一样，继续翻译中国古诗。"艾德林从不炫耀自己，他的话总是实事求是的，"《中国古诗选》是这十年间翻译的……"我翻开了书的扉页，1975年出版，印数两万册。这本诗选中有《诗经》中的作品，有屈原、庾信、陶渊明、贺知章、李白、杜甫、孟浩然、白居易、高适、张继、刘禹锡、李绅、辛弃疾等人的作品。《白居易诗选》是旧译新版，但增加了很多新译，1978年出版。

我知道，艾德林对陶渊明、孟浩然和白居易有特殊的感情。

艾德林译了陶渊明的《归园田居》《杂诗》《饮酒》《拟古》《移居》《读山海经》《咏贫士》《咏荆轲》《挽歌诗》以及《桃花源记》等几十首。他说："陶渊明诗中的宁静蕴藏着对时代的品德不端的严厉鞭笞，这种鞭笞基于对大地上劳动的颂扬的个人范例和个人理想，表面上它与隐士的欢乐与悠闲的家庭生活完全相悖。"陶渊明的诗经过艾德林的翻译，传达了词秀调雅、形式整饬、气势流荡的风格。

谈到孟浩然时，艾德林说："孟浩然与陶渊明一样，也在思考人生，深入自我，并透过自我观察更为具象的外部世界、时代精神。"

白居易的诗是艾德林长年研究的课题。白居易的所有重要作品，从五言诗到《长恨歌》和《琵琶行》都是由他译成俄文的。译文出色地传达了两首长诗的曲折叙事，入微地写情和绘声绘色的铺排描写，俄文中气氛烘托得也相当成功。艾德林认为白居易是继天才的李白与杜甫之后又一天才，"诗人把自己的思想注入一些人物身上。这些人物的命运所体现的正是诗人的全部生命——他的爱，他的恨，他的怜悯，他的同情。"

白居易的诗经过艾德林的翻译没有减弱它的感染力，它能够引起异国诗人的共鸣，就是明证。有一次，我跟艾德林谈起中国古诗在国外的影响。我说，有一年，在华沙郊区别墅里听过波兰大诗人伊瓦什凯维奇朗诵自己的诗作，诗的调子比较低沉。有一首，据诗人介绍是在中国古代诗人一首描写柳枝的诗的影响下写成的。"不知道是哪位波兰汉学家译的哪位中国诗人的哪一首诗？"我顺便向艾德林提出这个问题，说来也巧，波兰诗人读的那首诗不是波兰译文，而是艾德林的俄译本。艾德林说："白居易俄译本出版之后，那还是50年代，我见到了波兰老诗人伊瓦什凯维奇，便赠给了他一本。"艾德林接着说，前几年他也读到了伊瓦什凯维奇在中国诗人影响下写的那一首诗，而影响它创作的中国古诗是白居易的《青门柳》：

青青一树伤心色，
曾入几人离恨中。
为近都门多送别，
长条折尽减春风。

可能波兰诗人读此诗时意识到自己暮年的来临，百感交集，于是写下自己的这一首诗：

这棵柳树
伫立在都门前

离去的人
折一枝
留作纪念

友人没有回来
柳枝没有再长

周围剩下的人
已寥寥无几

柳枝也已稀少

无情的风

吹拂着柳条

伊瓦什凯维奇发表此诗时，特别注明是有感于中国古诗而成。艾德林对这两首诗作了对比，他说："伊瓦什凯维奇的诗，富有诗意，是非常欧洲式的诗，他把读者应当去想象的内容具体化了。诗中写出了忧伤，对人和对柳树的同情；白居易的诗，让读者时刻不忘离别之苦，让你的遐想在苦中驰骋飞翔。"

四

1975年艾德林为《中国古诗选》一书写过一篇序言，阐述了他对翻译中国古诗的观点。1984年该书再版时，他表示自己对翻译中国古诗的观点没有变。我想，这是艾德林从事文学翻译几十年探索的一个小结。他写道：

"人们一直就翻译问题进行争论。争论的内容是：诗歌是否可以翻译成另一种语言，译文是否应当与原文惟妙惟肖，或者译者有权利按自己的才华对原文进行加工。然而，译者的才华就在于他能够用自己的语言转述别国的文学作品，同时保留它的诗意、它的思想，并把它引入本国人民的文学之中。译文永远不会与原作恒等，因为它已变成另一种语言，这种语言遵循自己的法则，同时遵循本国人民的思维法则，还因为译者会在诗人的作品中——即使是一位伟大的诗人的作品——也会增添译者自己的个性，不管译者的个性是何等的微小，译者的劳动会影响译文形成过程中的成败。"

我曾经问过艾德林："您在翻译中国古诗时，追求的是什么？"

他说："把自己欣赏中国古诗的感受传达给读者。我还希望读者能够注意到中国古诗的结构，它那绝妙的简练，它的对比法，它的重叠的声韵，我希望俄文读者能够感受到中国人吟诵古诗时所感受到的形式美。"

艾德林遵循俄语的法则和俄罗斯读者的思维法则，形成了自己翻译中国古诗的原则。他对中国五言诗与七言诗进行了分解，五言诗分解为前两字和后三字，七言诗他分解为前四字和后三字。艾德林按此种分解法进行翻译，即古诗每一行译成俄文两行。艾德林说："俄文句法的灵活性和俄文诗体的多样性，使我们在翻译中有较大的选择自由。关键在于读懂中国古诗和熟悉俄文诗体。"他又说，"如果按三音节诗格的变体来译中国古诗，则俄文诗中的顿或重音可以接近原诗中的字数。"艾德林并不认为他的译法是极峰，他希望有人能把中国古诗译得更出色，更传神。

五

20世纪50年代，当我翻译马雅可夫斯基作品时，热心的艾德林赠给我一套苏联30年代出版的马雅可夫斯基全集，书中的注解解决了我不少难题。

艾德林逝世后，过了一年多的时间，1987年1月，我收到从莫斯科寄来的一本杂志。翻开杂志的第一页，在目录旁，我看到了艾德林用中文写的几行字。纤巧的熟悉的字体使我的泪水不由得涌出眼眶："亲爱的高莽同志：寄上《外国文学》杂志第6期。您的《莫斯科之行》一文系我所译，请指正！"这可能是他写给中国朋友的最后一封信。这个邮件怎么走了这么久啊？让我如何给他回信，如何通知他我收到了杂志，又如何去表达自己的感激呢？

时间过得越久，友人的音容笑貌反而变得越清晰。当年艾德林讲的一些意见，如今也显得越为明鲜了。他在苏联培养了不少学生，我相信他的生命如同他的先师阿列克谢耶夫院士一样，也会在某些人的身上继续下去……

1990年元旦

本色文丛

（柳鸣九主编 海天出版社出版）

《往事新编》许渊冲／著

《信步闲庭》叶廷芳／著

《岁月几缕丝》刘再复／著

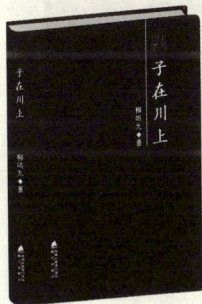

《子在川上》柳鸣九／著

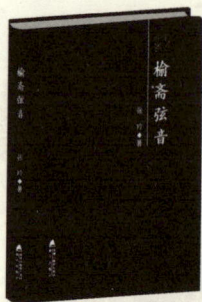

《榆斋弦音》张玲 / 著

《飞光暗度》高莽 / 著

《奇异的音乐》屠岸 / 著

《长河流月去无声》蓝英年 / 著